Soleil de soufre

ŒUVRES PRINCIPALES

ÉDITIONS DENOËL
« Présence du futur »

Vue en coupe d'une ville malade
Aussi lourd que le vent
Sommeil de sang
Portrait du diable en chapeau melon
Le carnaval de fer
Procédure d'évacuation immédiate des musées fantômes
Le château d'encre
L'homme aux yeux de napalm
Le syndrome du scaphandrier
Mange-monde
La petite fille et le doberman
Les lutteurs immobiles
Rempart des naufrageurs
Naufrage sur une chaise électrique
Ce qui mordait le ciel
La nuit du bombardier
Boulevard des banquises
Ma vie chez les morts

LE LIVRE DE POCHE

Le chien de minuit
Conan Lord, carnets secrets d'un cambrioleur
La main froide
Le sourire noir
La route obscure
La fille de la nuit
Le nuisible
Le murmure des loups
Le château des poisons
Les enfants du crépuscule

ÉDITIONS GALLIMARD
« Folio »

La moisson d'hiver
Hurlemont
La maison de l'aigle
Les ombres du jardin

Serge Brussolo

Soleil de soufre

et autres nouvelles

Librio

Texte intégral

SOLEIL DE SOUFRE

C'était comme un bûcher gigantesque érigé au centre de la plaine argileuse et grise. Une titanesque imbrication de fagots au sommet desquels la ville paraissait bizarrement posée en équilibre instable avec ses tours plus larges à la base qu'au sommet, ses donjons curieusement resserrés à la hauteur des créneaux, à tel point qu'on pouvait de loin fort bien les confondre avec ces cheminées d'usine qui semblent ne jamais devoir finir. Les fortifications entourant la cité présentaient la même allure de cône tronqué, et l'on avait à tout instant la sensation que les sentinelles arpentant les chemins de ronde allaient soudain basculer dans le vide pour glisser le long de ces murailles en pente vive, leurs casques arrachant des gerbes d'étincelles aux blocs noirs et luisants percés çà et là de l'ouverture filiforme des meurtrières. En s'approchant davantage on remarquait que les versants de la montagne où s'enracinait la ville étaient, dans leur totalité, recouverts par une multitude de troncs fraîchement abattus, émondés, scalpés ; réduits à l'état de grandes bûches anonymes, et constituant un enchevêtrement inextricable dont l'empilement venait buter sur les premières pierres des murailles encerclant la cité. De là provenait cette étrange impression de bûcher jeté pêle-mêle par une main gigantesque pour quelque holocauste fébrile.

Pour entrer dans la ville il fallait, durant de longs jours, dériver à travers ce labyrinthe de bois d'abord poisseux de sève, puis, au fur et à mesure qu'on se rapprochait du sommet, sec et semé d'échardes. Cette course où chaque pas pouvait à tout instant déranger et rompre l'équilibre des troncs entremêlés, vous condamnant du même coup à périr broyé dans l'infernal roulement d'une avalanche d'écorce, laissait chaque fois au voyageur la sensation de s'être déplacé au milieu de l'un de ces jeux d'aiguilles orientaux où le moindre faux mouvement entraîne aussitôt la disqualification du joueur.

Pour ma part, sitôt franchie l'unique porte d'accès, je me rappelle très bien avoir quêté la fraîcheur d'une église aux parois d'ardoise bleue, fuyant au cœur de son obscurité la chaleur et l'intolérable odeur de sciure qui m'avaient accompagné durant toute mon ascension. Instinctivement, mes doigts ont cherché le bénitier de marbre flanquant habituellement le tronc à oboles à la hauteur du premier pilier. Le contact du liquide glacé sur mes jointures a aussitôt chassé la migraine dont les premiers symptômes bourdonnaient déjà à mes tempes. J'ai posé la paume au centre de la conque de carrare ébréchée, dans la petite flaque irisée où dansaient encore les rares lueurs filtrées par les vitraux. Ramenant ensuite le bras au prix d'un effort douloureux, où se lisait déjà toute la fatigue de la course, j'ai touché du pouce mon front, mes lèvres et mon ventre... L'odeur entêtante de l'essence m'a fait alors frissonner.

Je suis resté là. Adossé au pilier, goûtant le froid du marbre à travers ma chemise trempée de sueur. Quelque part au fond de la crypte le cri d'un enfant est monté, grêle, surpris sans doute de se retrouver ainsi, nu, dans des mains étrangères, au-dessus de la vasque des fonts baptismaux tandis que les gouttes de kérosène, perlant au bec de la burette sacrée, venaient s'écraser sur son front, entre ses sourcils.

Je suis sorti, les yeux baissés, retrouvant les pavés de la rue inondée du soleil où s'effilochaient déjà, avec l'aube brûlante, les arabesques d'une dernière farandole. Le vent a soufflé au ras du sol une vague roulante de confettis rouges qui se sont collés à mes jambes nues, poisseuses de sueur, comme autant d'étranges pustules de fantaisie. Malade de cette rougeole de carnaval, j'ai marché vers la fontaine fendillée où une grappe de tritons de bronze verdi crachaient à pleine bouche un flot d'alcool éthylique, gras, presque épais. Peut-être du méthanol. L'odeur violente, sans nuance, industrielle devrais-je dire, m'a fait un instant maudire un tel manque de goût et d'imagination dans le choix du liquide. Mais la griserie des effluves a brouillé mes idées, paralysé mon cerveau comme sous l'effet d'une inhalation trop prolongée d'éther, et des images sans rapport avec mes préoccupations présentes sont venues s'intercaler entre mes yeux et la réalité.

Comme chaque fois, j'ai dû faire un violent effort pour ne pas me laisser couler, les genoux soudain mous, dolents, pour m'arracher à la houle d'odeurs sans cesse plus présente. J'ai dévalé la rue en pente, me tordant les chevilles sur les pavés inégaux irisés par les traînées d'alcool aux éclatements bleu acier et dorés. Les premiers bûchers sont tout de suite apparus, jalonnant les trottoirs, la chaussée. Empilements méticuleux de fagots secs, poussiéreux, jalousement conservés pendant des années à l'abri de l'humidité dans l'attente de cette journée ultime. Montagnes de bûches aux imbrications savantes et alternées avec couloirs d'accès et chambre de combustion centrale conçue pour toute une famille… J'ai ralenti ma course, offrant mes muqueuses irritées aux parfums des bois noueux et craquants, de ces brindilles noires, desséchées, fagots, brassées de ramifications squelettiques et bruissantes éclatant sous le talon dans un concert de détonations sèches. Un instant j'ai regardé les mains blanches bleuies, zébrées de griffures qui charriaient des bottes de sarments scrupuleusement choisis longtemps auparavant en prévision de cette seule cérémonie, puis j'ai déambulé au milieu des amoncellements de branches, dans ces odeurs et ces bruits de forêt à l'automne. La chaleur avait encore monté, et désormais mes sourcils n'arrivaient plus à contenir le flot incessant de la sueur inondant mon front. J'ai soudain désiré me noyer dans l'ombre des arches et une intolérable soif a bloqué ma gorge, gonflant ma langue entre mes dents.

Une voûte sombre m'a aspiré… Une salle de danse, avec son sol dallé d'un noir profond comme un miroir, ses échos tout à la fois proches et lointains ; un dôme de nuit, bleu comme le sommeil des bêtes enfouies. Mes orteils ont laissé un halo de buée incongru sur le marbre, témoignage d'une fièvre qui prenait soudain des allures de moiteur obscène en ces lieux où glaces et miroirs semblaient conçus pour tout autre chose que recueillir l'haleine des mourants. A mes pieds, une poignée de confettis avait hâtivement ébauché un planisphère de constellations inconnues. Un châle de soie, mû par un courant d'air, se déplaçait au ras du sol, étrange fumée d'étoffe dégringolée des épaules d'une danseuse pour finir là, dérivant à la surface de ce lac d'encre solidifiée.

Intrus dans ce monde de neige noire avec mon odeur de sueur et mes halètements, j'ai eu brusquement envie de regarder si la plante de mes pieds n'avait pas fait fondre la glace dont semblait constitué le sol, et si, désormais, mes chevilles ne s'enfonçaient pas dans un étang aux flots indélébiles me tatouant pour la vie de la plus ridicule façon.

La femme se tenait en retrait, accoudée à une cariatide, et sa main blême, bleuie, aux ongles cyanosés par un irrépressible froid intérieur, reposait très exactement entre les seins de la sculpture en un geste involontairement provocant. Une longue écharpe de soie grise ceignait son cou, se croisait en deux pans derrière la nuque, et retombait de chaque côté des clavicules jusqu'à terre, entourant son corps nu et glacé d'une parenthèse d'étoffe. Elle avait le ventre lourd et les seins mous. Des réseaux de veinules violettes parcouraient sa chair à fleur de peau, faisant monter à mon esprit l'image d'une porcelaine finement craquelée. Fragile. L'ombre noyait ses traits, tout juste ai-je pu entrevoir un profil épais et sans grâce, pâle et bouleversant, déjà son bras tendu m'offrait une coupe d'un quelconque liquide…

J'ai bu. Sans un mot. Au moment de sortir, saisissant les doigts toujours offerts, j'ai courbé la nuque, posant ma bouche sur le dos de sa main juste au-dessus de la ligne bossuée des articulations. Elle n'a pas bronché et pourtant, à la seconde où retombait son poignet, j'ai vu très distinctement l'horrible brûlure laissée par mes lèvres sur sa peau lisse et froide, comme une double ligne boursouflée de cloques sanguinolentes. Peut-être même, en tendant l'oreille, aurais-je pu percevoir à l'instant du baisemain le grésillement et l'odeur caractéristique de la chair brûlée…

Elle a souri d'un air navré, ennuyé et mondain, comme une hôtesse qui — au cours d'un dîner de luxe — noterait une faute de protocole indépendante de sa volonté et en appellerait ainsi à l'indulgence complice des invités. Je suis sorti. Retrouvant les boulevards, la chaleur et l'alignement des bûchers jalonnant l'asphalte à intervalles réguliers. Avais-je vraiment la fièvre ? Pas plus que d'habitude sans doute.

J'ai observé que certains fuyaient mon regard, que d'autres au contraire, plus astucieux, affectaient de me dévisager sans me voir comme si j'avais été dépourvu de toute opacité, en un mot : transparent.

Le passage dans la salle de danse n'avait servi à rien sinon à me rendre la fournaise de l'extérieur plus présente encore. Des groupes de filles nues et silencieuses encombraient les balcons de chaque côté de la rue. En levant la tête je pouvais apercevoir la toison de leur pubis durcie, enduite de phosphore rouge, comme leurs cils, leurs cheveux ou la pointe de leurs seins. Quelques-unes s'étaient rasé la tête et leur crâne nu, qu'épousait tel un casque la croûte de phosphore écarlate, évoquait irrésistiblement à mes yeux l'image d'une énorme allumette.

Je crois que deux ou trois d'entre elles m'ont souri, mais je ne peux guère le jurer... J'ai remarqué que leurs traits tirés portaient encore les traces des fatigues de la veille, des chants, des rondes, de la peur peut-être. Car je sais que d'étranges fêtes peuplent les ruelles la nuit, d'horribles farandoles où filles et garçons dansent corsetés dans des costumes enduits de phosphore blanc s'enflammant spontanément dès que la chaleur ambiante dépasse la limite fatidique des 30 °C, ce qui les oblige à disparaître, à fuir les rues et les places découvertes dès que montent les premières lueurs du soleil. Dès lors, malheur à celui que le jour surprend abattu par l'ivresse sur la pelouse d'un parc, vautré dans son costume mortel dont le blanc poudreux n'est pas sans rappeler la consistance incertaine des ailes de papillon.

Transformé en torche vivante, il n'aura même pas la possibilité de se jeter dans la première fontaine venue puisque celle-ci ne ferait qu'attiser l'incendie qui le ravage.

Et pourtant ils recommencent. Chaque nuit. Parcourant la cité dans un décor puéril et suranné de fête italienne laborieusement reconstituée, ils se répandent, terriblement vulnérables, offerts, exposés au moindre frottement trop brutal, aux braises de cigarettes que certains se mettent alors à fumer par défi, bravade et dandysme. Ils dansent, sans montre, sans repères d'aucune sorte puisque toutes les horloges de la ville sont maintenant arrêtées. Ils dansent, n'ignorant pas que sous cette latitude la nuit cède la place au soleil sans transition aucune, et que, le vin leur ayant fait perdre la notion du temps, ils seront bientôt incapables de prévoir où et quand le jour les surprendra.

Ainsi les places, les jardins, les grandes esplanades qui ne laissent guère d'endroits où se cacher sont-ils particulièrement prisés lors de ces sarabandes ironiques et désespérées. « Plus le risque est grand, plus la fête est belle », disent les chansons, et plus d'une farandole s'est brusquement enflammée telle une mèche vivante, consumant en quelques secondes tous ceux qui un instant plus tôt se tenaient par la main ; ne laissant subsister en travers des dalles qu'une guirlande de corps carbonisés, curieusement réduits et déformés sous l'action du feu, statues de goudron tragiques que le hasard a fait se recroqueviller selon des postures tout droit sorties des rituels de l'ancienne magie.

La soif et la fièvre m'ont fait une nouvelle fois tituber et chercher refuge au creux des porches. En haut d'un perron mes mains humides et brûlantes se sont collées sur une plaque de marbre ciselé vissée au-dessus d'un gros heurtoir de bronze. Prenant le relais de mes yeux momentanément aveuglés par la pénombre, mes doigts ont déchiffré les lettres du mot « MUSÉE » tracées au burin en grandes lignes et arêtes coupantes. Un tapis d'un noir d'encre a guidé mes pas entre les haies de chaînes dorées destinées à protéger les objets exposés de la curiosité tactile des visiteurs. Le courant d'air créé par la porte demeurée ouverte a fait cliqueter les festons de maillons sur un rythme mou. Tout de suite l'odeur acide émanant des sculptures alignées m'a submergé, agaçant mes sinus, vrillant des picotements le long de mes narines, et je me suis abîmé dans la contemplation des statues jaune citron jalonnant la galerie. Vierges élancées, fuseaux de plis et de voiles au sommet desquels éclôt enfin un visage d'absence ou de néant béat. Titans figés en une ultime et prodigieuse contraction. Ephèbes en courbes tendres et dures tout à la fois, et tant d'autres encore, tous, debout sur leurs piédestaux d'ébène, tirés du soufre par un ciseau de génie. Chefs-d'œuvre cassants, d'une incroyable fragilité au parfum suffocant qu'un coup de coude peut réduire en miettes, en poudre, qu'une étincelle peut embraser dans un torrent de fumée irrespirable ne laissant rien subsister de l'œuvre qu'une grande fleur de suie éclaboussant la muraille comme une ombre oubliée de l'objet qui n'est plus. Jamais je n'ai pu résister à la fascination de ces corps, de ces gestes, immobilisés par l'artiste dans une matière si peu propre à l'immortalité : le soufre ; au déchirement intellectuel provoqué par ces merveilles friables et poudreuses qu'on voudrait éternelles, préservées à jamais du temps de la destruction, et qu'on découvre au contraire poignantes dans leur fragilité, comme si le créateur — en choisissant pour son art un matériau éminemment périssable — avait voulu mettre en valeur l'ironie de leur vulnérabilité.

J'ai traversé la salle à pas lents, abandonnant derrière moi la double colonne des créations inflammables, et je suis entré dans la bibliothèque. L'odeur du cuir et du papier, en vagues lourdes frangées de moisissure et de poussière, a progressivement supplanté les relents âcres du soufre et je n'ai plus eu qu'à laisser mes doigts courir sur les étagères, égrenant les tranches marquées d'or comme les rouleaux d'un moulin à prières... La curiosité d'un peuple dormait là, offerte aux champignons, aux rongeurs de toutes sortes : traités de phlogistique établissant le feu comme principe même de la composition des corps ; études absconses sur la décomposition des poissons et les émanations de phosphure d'hydrogène à l'origine des feux follets ; parchemins dont les coulées de caractères orientaux dissertaient sur le secret du feu grégeois ; historique des feux de Bengale et d'artifice en trente volumes, avec pour principaux volets des exposés complets et fort savants sur les chandelles romaines, les fusées volantes, les fusées à baguettes, les serpenteaux et les bouquets... J'ai continué ma route, pressant les paumes de mes mains refroidies au cuir des couvertures sur mes joues rendues brûlantes par l'infection. Un couloir tout en hauteur m'a propulsé dans le monde cuivré des pyromètres, dans une forêt de cadrans fébriles aux aiguilles toutes plus sensibles les unes que les autres. Toutefois l'unité choisie pour leur étalonnage m'étant inconnue, les frémissements et les bonds des curseurs rouges à mon passage ne m'ont guère permis de me faire une juste idée de mon état. Le couloir menait à une vaste salle dont l'architecture sans recherche, toute fondée sur l'imbrication d'énormes blocs, m'apprit qu'elle se situait probablement à l'intérieur des fortifications ceinturant la ville. Il y faisait humide et froid. Aucun système d'éclairage ne permettait d'y dissiper la pénombre entretenue par deux meurtrières aux ouvertures embroussaillées, j'ai retenu mon souffle, sachant d'avance ce que j'allais découvrir. Très rapidement et sans surprise, mes doigts tendus en aveugle ont touché la surface lisse d'une vitrine et j'ai su aussitôt que je ne m'étais pas trompé.

J'ai fermé les yeux, essayant d'imaginer le décor qui m'entourait : des vitrines d'exposition, comme des aquariums hauts et étroits, alignées par rangées, renfermant au cœur de leurs parois des toiles uniques d'anciens maîtres, des tapisseries inappréciables, des étoffes, des soies, peintes jadis par des pinceaux de génie. Tout un monde de portraits, de fresques, de triptyques irremplaçables peints ou tissés en leur temps à l'aide de matériaux dérivant de l'anhydride phosphorique et nantis depuis lors de la désagréable faculté de s'enflammer spontanément au simple contact de l'air.

De là l'obligation de les tenir enfermés sous vide en permanence dans ces vitrines plombées, scellées, qui semblent à première vue les isoler définitivement de tout danger. Toutefois se reposer confiant sur cette fausse évidence serait méconnaître gravement la grande perversité esthétique des artistes de la planète, car pas une seule de ces vitres de protection n'est assez épaisse pour résister à un simple jet de pierre. Certaines — de préférence celles-là même qui renferment des trésors artistiques incomparables — sont faites du cristal le plus fragile, et le seul impact d'un oiseau égaré, voletant au hasard après être entré par l'une des meurtrières, suffirait à les fendre sur toute leur longueur, laissant aussitôt l'air ambiant pénétrer entre les parois avec un sifflement aigu. Pas une seule des matières pyrophoriques exposées ne résisterait plus de quelques secondes à un tel traitement, et l'on verrait la tapisserie se consumer, victime d'une combustion intérieure, d'une destruction inscrite dans ses pigments, ses laines, ses fils depuis le premier jour de son existence, de sa création, lorsqu'elle fut exécutée dans un caisson étanche par un homme en scaphandre dans le vide le plus total. Quoi de plus fascinant pour l'esprit que l'image de ce jeu obscène et subtil où l'artiste s'ingénie à détruire en créant, et où, loin de vouloir couler son œuvre dans l'airain, il s'escrime à en faire quelque chose d'infiniment délicat et fragile dont le germe de mort peut à tout instant s'éveiller. Dès lors la permanence du danger ne peut que maintenir l'esthète, l'amateur, dans un état d'exaltation rare et puissant décuplant sa perception des choses, sensation analogue à celle qu'on peut ressentir devant ces visages qu'on essaie, sur un quai de gare, de graver en quelques secondes dans sa mémoire parce qu'on sait déjà qu'on ne les reverra jamais plus. J'ai rebroussé chemin, sans hâte, porté par la torpeur de la fièvre. Engourdi et pourtant terrifié d'avoir à retrouver la chaleur de la rue.

Il est vrai qu'ici, sur cette planète, dans ces rues, sous ces arches, au cœur de ces voûtes de marbre, on meurt d'étranges maladies glacées qui tuent sans fièvre ni sueur. Et ces femmes, ces hommes souffrent de curieux troubles algides dont la sensation de froid permanente se double progressivement d'un affaiblissement général débouchant sur d'irrémédiables maladies de langueurs. « Adiabatisme... », a murmuré une fois, il y a très longtemps, une fille à mon oreille, résumant en un seul mot le problème de ces corps qui ne reçoivent ni ne transmettent aucune quantité de chaleur. De là leur fascination du feu, tout esthétique, et ce culte morbide de l'incinération. Mais qu'importe après tout puisque ma tâche n'est pas de philosopher mais d'agir. Je sais qu'ils brûlent sans rien ressentir et qu'un enfant peut promener sa main dans les flammes et regarder ses doigts carbonisés se racornir sans cesser une seule seconde de mâchonner la friandise qui lui emplit la bouche. Qu'importe, dès lors, que des couples nus se vautrent sur des droits humides d'essence et frottent désespérément leurs corps l'un contre l'autre tout en sachant que dans quelques secondes le pubis du garçon, enduit d'une croûte de phosphore et de chlorate de potasse, viendra heurter le mont de Vénus de sa partenaire laqué, lui, d'une pellicule abrasive jouant le rôle de frottoir, et que de ce contact jaillira l'étincelle qui les embrasera dans une ultime étreinte. Qu'importe...

Mon rôle sera fini dans quelques heures, dès que tous auront gagné le sommet des bûchers tels des naufragés cramponnés à la crête d'une minuscule île déserte et que moi-même, allant par les rues à présent vides, je gagnerai la salle du grand conseil où m'attendra, posée au centre de la gigantesque table d'apparat, perdue au milieu d'une immensité de vernis sombre, l'unique allumette de la cité.

Peut-être, comme certains des leurs dans d'autres villes, auront-ils préparé à mon intention l'une de ces combinaisons d'amiante blanche et informe où s'ouvre seulement à la hauteur des yeux l'étroite fente d'une lucarne de verre antifeu, mais de tels égards, quoique témoignant d'une délicatesse extrême, sont bien inutiles.

Je prendrai l'allumette, je la poserai sur mes lèvres brûlantes de fièvre, attentif au bref crépitement précédant l'ignition, puis d'un geste du bras, il me suffira de la jeter par la fenêtre dans la première fontaine débordante d'alcool. Ensuite...

Ensuite, je m'éloignerai au milieu des premiers crépitements de l'incendie courant de fontaines en ruisseaux, de ruisseaux en bûchers, je sortirai de la ville, traversant les bourrasques de flammèches soufflées par le vent dans chaque ouverture. Peut-être revêtirai-je tout de même la combinaison d'amiante pour le seul plaisir de la voir se noircir dans les volutes de suie...

Je sortirai par la grande porte de la ville, veillant à ne me retourner qu'au moment de m'engager au milieu du labyrinthe de troncs couvrant la colline. Alors je verrai la fumée en volutes épaisses et dures jaillir comme un bouillonnement vivant du sommet des tours, achevant de les confondre dans mon esprit avec des cheminées d'usine ; et l'incendie ronflera derrière les remparts avec des grondements sourds et puissants. Je me retournerai une seconde fois au moment même où mes pieds fouleront le sol de la plaine, pour enregistrer au fond de mon cerveau l'image de la colline devenue bûcher gigantesque, motte de flammes au milieu du désert, et entendre la vibration pesante des brasiers.

Le dernier feu éteint, je rebrousserai chemin, escaladant une nouvelle fois le monticule dans la détonation sèche des écorces carbonisées. Je monterai vers le sommet, vers les remparts noircis, serrant contre ma poitrine la petite boîte de bois blanc avec son étiquette de cahier d'écolier barrée des deux lignes de pointillés parallèles, et encadrée du gros liséré bleu habituel. Doucement, la paume creusée, je verserai alors entre les parois de ce réceptacle dérisoire et fragile les cendres d'un peuple futile comme l'espoir des réussites. Le soir, les ongles souillés d'encre bleue, les doigts serrés sur le manche filiforme du petit porte-plume, il me faudra laborieusement calligraphier le nom de la ville, de la planète et de ses habitants d'un trait que séchera à la seconde même mon haleine de feu…

... CAR CECI EST DE LA CHAIR ET CECI EST DU SANG

Le corps avait été jeté sur la dalle encore humide sans souci ni respect. Les hanches s'étaient bloquées dans une posture inconfortable que seul un mort aurait pu supporter sans protestation immédiate. Le bras gauche, notamment, avait été retourné dans le dos du cadavre selon un angle douloureux au regard, tout le poids de l'homme reposant sur le poignet raidi, violacé. Jaillissant de la carotide tranchée, le sang avait tatoué la poitrine, le ventre et les cuisses d'une grande diagonale à présent coagulée. Les débris du sexe mutilé, eux, avaient été rapidement tassés dans un petit sac de plastique opaque attaché à la main droite du mort par une bande de sparadrap. L'hémorragie avait tissé un réseau complexe de striures où l'on pouvait tour à tour distinguer, selon l'endroit où l'on se tenait, des figures insolites : un corbeau et un téléphone, un cheval ailé et une femme-poisson...

Crime de mœurs, probablement.

Chaque fois qu'il pliait un drap, une couverture ayant enveloppé un cadavre, Georges se prenait à rêver sur la symbolisation des taches maculant les étoffes. Une fois, il avait tenté d'intéresser un confrère à ses observations, mettant en lumière la présence de constantes liées au type de plaies. Ainsi une balle dans la région abdominale déposait sur le linceul des taches dont la physionomie n'était pas sans évoquer les mâchoires d'une plante carnivore. Les plaies à la gorge par contre... Georges se plaisait parfois à penser que de tels graphismes n'étaient pas sans lien avec le psychisme du défunt, comme une trace, une ombre, de l'âme qui s'en allait.

La douche fouetta le cadavre sans changer sa position. La morgue s'emplit de ce crépitement d'averse mourant en borborygmes aérophagiques dans la vidange encrassée. Georges poudrait ses doigts d'une farine jaune antiseptique qui lui faisait des mains de Chinois, puis, glissant pouce et index dans les anneaux des pinces chromées, à petits gestes secs et précis il détacha les lentilles cornéennes, la prothèse dentaire, la chaîne avec sa médaille d'or terni, la gourmette plate brillant sur le poignet bleui. Le tout tinta pêle-mêle au fond d'un sac en papier avant de disparaître dans la gueule de l'incinérateur. A l'aide d'un tampon marqueur électrique Georges imprima rapidement sur l'omoplate l'inscription BIODÉGRADABLE... Une vague odeur de chair grillée emplit la salle.

Biodégradable. Le récépissé garantissait que la radiographie n'avait détecté à l'intérieur du corps aucune trace de prothèse, vis, plaque, broche, canule imputrescible. Georges signa au bas de l'imprimé. Pas de famille, pas de photo. La dalle se mit en branle, traînant le corps vers le réceptacle général. Depuis la commission MacFloyd, plus de cercueils, plus de boîtes bardées de poignées d'argent, d'incrustations de cuivre. Plus d'enveloppes de plomb. Toutes ces choses que la terre ne pouvait digérer ; plus de tombes, de dalles qui prenaient la place de l'herbe, de mausolées qui volaient l'espace des arbres, de cimetières qui mangeaient les villes. Les morts étaient désormais enterrés nus, anonymement, debout dans la terre, sans objets personnels, sans marque extérieure de sépulture. Les familles n'étaient jamais informées du lieu d'ensevelissement. En général les corps étaient répartis géographiquement, selon l'état de fertilité du sol à maintenir ou à rattraper. Tout cadavre contribuait ainsi à la fertilisation d'une terre appauvrie, à la régénération de la nature. Le grand cycle de l'azote n'était plus entravé par l'ébène ou le marbre.

Plus d'engrais chimiques, rien que des cellules organiques naturelles, comme jadis. Les équipes de fertilisation couvraient les champs, les grandes exploitations d'Etat, les coopératives, mais aussi les squares, les jardins botaniques, les parcs à pique-nique. Dans les villes l'ensevelissement se faisait toujours de nuit, avec un maximum de tact et de discrétion. Personne, excepté peut-être un rôdeur, ne pouvait se vanter d'avoir vu un seul corps enfoui chair contre humus, offert aux insectes, aux vers, à la putréfaction régénératrice... Mais on savait qu'ils étaient là, à la fois présents et absents; anonymes et pourtant terriblement singuliers (comme le disait MacFloyd à la télévision).

Les associations écologiques étaient les plus actives à la promotion du plan. Un catéchisme animiste avait fleuri doucement dans les écoles... « Les petits ne casseront plus les branches, n'écraseront plus les fruits. Le chapeau lisse d'un champignon c'est peut-être la joue d'un enfant, la racine d'un arbre qu'on aurait jadis tailladé au canif, le bras d'un grand-père... »

La nature était devenue l'émanation biologique de l'homme, et les gardiens de square étaient à présent cachés dans le sous-sol... Les collègues de Georges souriaient à de telles divagations, pour eux une touffe d'herbe restait une touffe d'herbe. On pisse sur une touffe d'herbe, on y essuie des doigts englués de ketchup ou de sperme. Une touffe d'herbe restait ce qu'elle était: quelque chose de sale et dont il valait mieux se méfier. D'ailleurs lorsqu'ils allaient au parc ils prenaient toujours un pliant... Georges se força à ricaner en pensant aux inepties véhiculées par les journaux féminins. Catéchisme lyrico-écologique, sentimentalo-biologique... Les jardins, les lieux de promenade étaient fertilisés par les enfants et les jeunes filles, les massifs de fleurs par...

Tu parles! à lire la prose de certains journalistes, les mères de famille devaient s'imaginer les pelouses du jardin d'enfants ensemencées à la jeune vierge, certificat médical à l'appui.

Et pourtant, c'était vrai que certains agriculteurs refusaient les corps de race noire, jaune ou rouge. Une fois, Georges se le rappelait, il avait même fallu incinérer un lot d'Indiens victimes d'une manifestation et dont personne ne voulait.

Ses semelles chuintèrent dans la travée centrale, avec un bruit humide.

MacFloyd avait raison, tout cela était bien plus sain. D'ailleurs Georges devait bien s'avouer que le fétichisme à couronnes et angelots-fleurs artificielles lui avait toujours donné la nausée. Le seul problème venait des chiens, de leur fâcheuse manie de gratter la terre pour récupérer les os. Les brigades écologiques les avaient presque tous abattus. Georges s'en moquait, il n'aimait pas les chiens.

Brusquement la sirène émit deux plaintes brèves. La journée était finie. Georges se défit de sa blouse qu'il roula au fond de son sac de toile, et prit le chemin de la sortie. D'autres employés se croisèrent sans esquisser un quelconque geste de salut. Dehors, le vent, soufflant dans le long tunnel de brique rouge formé par les hautes murailles encadrant la rue, avait renversé la rangée de vélos appuyés contre le trottoir. Georges peina pour dégager sa machine. Les rafales tiraient sur ses cheveux comme pour les lui arracher, et il ne put s'empêcher de grimacer en pensant au trajet qui le séparait de la ferme. Il se mit à pédaler, laissant derrière lui les hauts murs de la morgue industrielle. Sans ce travail à mi-temps, Judith et lui n'auraient jamais réussi à s'en sortir. L'exploitation, mal située en pleine zone découverte, proie rêvée des vents, rapportait peu. Pourtant ni Judith ni lui n'épargnaient leur peine. Il pensa au toit dégarni de tuiles, à la façade sans crépi, à la cheminée abattue par une bourrasque en plein milieu de la cour, tuant net une chèvre. D'ailleurs les animaux ne s'acclimataient guère ; l'herbe, aux propriétés hallucinogènes, les rendait rapidement fous. Les lapins tentaient de s'accoupler avec les poules, ou se jetaient du haut des falaises pour imiter les rares oies sauvages rescapées des tempêtes.

Georges connaissait bien la structure des plaines artificielles. Une plaque de béton inentamable où s'enracinaient les fondations de chaque habitation et sur laquelle on avait jeté deux mètres d'une terre anémique, déshydratée, importée par convois spéciaux. Parfois le vent soufflait trois jours durant, emportant en un nuage grisâtre et crépitant la terre trop sèche, l'herbe et les rares champignons. Alors les racines des arbres se dénudaient lentement jusqu'à ce que, privés d'assise, les troncs basculent dans un grand froissement de branches brisées. Comme les pièces de ces jeux d'échecs bon marché qu'un courant d'air suffit à renverser.

Enfant, il descendait au jardin, tôt le matin, dans les rafales qui prenaient la plaine en enfilade et distendaient ses vêtements comme des bulles d'étoffe, arrachaient par plaques entières les poils des chats malades, ou emportaient mèche par mèche les cheveux de son père, dessinant sur son crâne pointu une calvitie fantaisiste et sans cesse changeante, héritage d'une vie consacrée au stockage des barres d'uranium enrichi. Immobile au centre du jardin, il regardait la terre filer entre ses chevilles, comme une fumée étrangement palpable. Souvent alors, entre les pierres destinées à délimiter les massifs, se modelait lentement le contour d'une main mal enterrée. De longs doigts émaciés où flottait parfois un anneau oublié par les services de l'administration. Il se baissait, ramassait un bijou terni, gainé d'une croûte boueuse, et le lavait au jet hoquetant de la fontaine. Quelquefois, il allait même jusqu'à l'astiquer le soir, en cachette, dérobant à sa mère le petit bidon de fer du produit à cuivre. Le matin suivant, il retournait entre les massifs froissés par l'orage et glissait doucement l'alliance au doigt parcheminé émergeant du sol...

Georges préférait ne pas imaginer ce qui aurait pu se passer si son père l'avait surpris, occupé à un tel cérémonial. Ne « pas jouer avec l'engrais » faisait partie des prohibitions enfantines au même titre que les interdictions frappant les allumettes ou les produits pharmaceutiques. Les soirs de fièvre, l'imagination en proie au délire, le front collé à la vitre de sa chambre, il lui semblait voir les morts, rangés en file indienne comme pour une quelconque parade, émerger doucement du sol tels des légumes à pousse rapide... La touffe terreuse des cheveux d'abord, puis les yeux grands ouverts semblant guetter au ras des cailloux, le nez, la bouche... Ils poussaient, au garde-à-vous, muets, terribles. Végétaux d'outre-tombe.

En grandissant, de tels fantasmes l'avaient quitté ; ne revenant guère qu'aux soirs d'épuisement, lorsqu'il s'abattait sur sa couche, saoulé par les hurlements du vent. La peau rougie, presque douloureuse, des gifles continuelles des rafales. Les reins raidis, les épaules sciées d'avoir bêché une journée durant.

Pourtant Georges n'avait pas toujours travaillé la terre. Il avait été un temps où, à sa sortie de faculté, ses diplômes commerciaux lui avaient permis de se tailler une place d'honneur dans le commerce des « engrais »...

Au début, il s'était laissé griser par les voyages continuels... Sauter dans un avion vers l'un des points chauds du globe, repérer un éventuel champ de bataille, un guet-apens, une émeute ; puis, le dernier coup de feu tiré, être le premier sur place avec son équipe de marqueurs. Le rougeoiement des braseros, le grésillement des fers aux armes de la société sur la chair encore tiède des morts... Tout cela l'emplissait d'une fébrilité délicieuse.

Il avait mis sur pied une équipe solide, aux interventions rapides, capable de devancer les marqueurs des autres compagnies. Il connaissait, bien avant tous ses concurrents, tous les points d'affrontement. Sitôt frappés du sigle de métal incandescent, les cadavres devenaient l'indiscutable propriété de la société représentée par Georges.

Les charger dans les soutes d'anciens transporteurs de troupes pour les acheminer vers les centres de tri ne présentait jamais beaucoup de difficultés.

Combien de fois avait-il attendu dans la brume de l'aube, derrière les barbelés givrés d'un ghetto, le début et la fin d'un pogrom ! La poudre, le staccato — beaucoup moins impressionnant qu'on le croit d'ordinaire — des armes automatiques, l'éclair bref des sabres-baïonnettes... et déjà les fers à marquer rougissant sur les braises au-dessus desquelles les mains se tendent pour se réchauffer... Plus d'une fois il avait même été jusqu'à fomenter une révolte, la nourrissant en armes, dans le seul but de voir augmenter l'hécatombe finale. « Un champ de bataille est un beau champ de blé », répétait souvent le directeur du service exploitation. Et les déraillements ? les wagons emboutis, accordéons de tôle qu'il faut entamer au chalumeau… Quatre ou cinq tonnes de corps divers acheminés chaque fois vers les morgues industrielles. Quatre ou cinq tonnes d'engrais.

Quand avait-il décroché ? A quelle époque le malaise s'était-il infiltré en lui… sinueux mais définitif ?

Peut-être ce dimanche après-midi d'automne, dans l'ennui terne du thé de cinq heures, dans l'éclat gris du ciel surplombant le balcon. En se retournant trop brusquement il avait, par inadvertance, accroché un pot de terre cuite où s'enracinait une plante grasse aux feuilles épaisses et charnues, appelant la morsure ou le canif. Le pot s'était écrasé à ses pieds, éclatant avec un bruit sourd. Ce n'est qu'en se penchant pour tenter de ramasser le court cylindre de terre noire où se dessinait le réseau de veinules blanches des racines, qu'il avait vu… soudain vu « l'engrais » où ce vague cactus obèse puisait sa vitalité. Là, dans l'entrelacs serré des radicelles, cette main coupée au ras du poignet, trop petite pour appartenir à un adulte. Une main recroquevillée, « sucée », vidée de sa substance. Déjà presque un gant de cuir… Il avait appelé sa femme, bousculé le plateau et la théière. Il se rappellerait toujours les regards ahuris, vaguement ulcérés, de son épouse et de sa belle-mère : « Vraiment ? Ainsi il ne savait pas que les fleuristes s'étaient maintenant spécialisés dans les morceaux pour culture d'appartement ? » Une nausée insidieuse lui avait taraudé le ventre et l'esprit tout l'après-midi.

Le dépeçage le dégoûtait et le choquait profondément. Il imaginait chaque fleuriste ceint, désormais, du tablier blanc des bouchers, affûtant de longues lames dans un bruit strident.

Peu de temps après il avait démissionné et manifesté le désir de rejoindre sa sœur dans la petite exploitation familiale qu'elle gérait seule, depuis la mort de leur père. Sa femme ne l'avait pas suivi et ils ne se voyaient pratiquement plus.

Curieusement, il n'en souffrait pas.

Il avait repris la bêche ; ses paumes et ses doigts s'étaient gainés de corne, mais il se sentait mieux. Beaucoup mieux. Dans la terre « fertilisée », les légumes poussaient extraordinairement vite. Judith, sa sœur, estimait que leur temps de croissance s'était réduit de moitié, sinon des trois quarts. Toutefois, sitôt le processus de décomposition achevé, la pousse ralentissait, les feuilles se ratatinaient, jaunissaient, véritables chairs mortes que le vent se hâtait de déraciner et d'emporter sans rencontrer de véritable résistance. Il fallait alors sonder la terre, chercher des endroits encore libres au travers du fouillis d'ossements, forer de nouveaux trous verticaux…

Parfois Georges cherchait au long de sa mémoire la manière dont tout cela avait commencé. Des images surgies de sa première enfance montaient alors du brouillard emplissant ses circonvolutions mentales. Il se revoyait nu, âgé d'une dizaine d'années, debout sur la table de la cuisine, la peau hérissée de chair de poule. Sa mère allait et venait, agitant la grosse tondeuse de métal nickelé, un peu rouillée, froide, et plus très coupante…

Georges revoyait Judith, debout au centre du drap rapiécé qu'on avait jeté sur le sol. A grands coups de ciseaux, le père sectionnait une à une les longues mèches de la jeune fille qui attendait, tête baissée. Lorsqu'il ne restait plus sur son crâne qu'une fine fourrure rase et mal taillée, leur mère arrivait avec la tondeuse cliquetante. Elle allait, venait, dénudant le cuir chevelu, rougissant la peau. De temps à autre Judith poussait de petits cris, principalement lorsqu'un cheveu, coincé entre les dents rouillées, se trouvait arraché et non coupé. Puis la mère lui demandait de croiser les mains sur la nuque pour lui permettre de tondre la toison des aisselles. Finalement, lorsqu'elle s'agenouillait devant Judith pour raser la fourrure du pubis, Georges détournait les yeux. Toute la famille subissait la tonte, sous l'œil ironique du chat, nullement menacé puisque la législation proscrivait tout recours aux pilosités animales. Le soir venu, le père faisait un ballot avec les quatre coins du drap, mêlant cheveux et poils pubiens, puis on enterrait le fruit de la collecte au centre du jardin. Plus tard Georges apprit que les paysans de jadis enfouissaient de même des bottes de paille pour les laisser pourrir, dans le but d'obtenir un engrais dénommé «fumier»… Déjà, à l'époque, Georges était convaincu que la terre ne se contenterait pas toujours d'une poignée de cheveux... Mais la terre réclamait-elle vraiment quelque chose ? Et la pousse accélérée des légumes était-elle vraiment liée à l'ensemencement ? Ne pouvait-on plutôt lier les périodes de fertilité à l'absence de vent, et celles de dépérissement aux tornades ? Le gouvernement écologique niait de telles théories, allant jusqu'à les déclarer impies.

A la ferme la vie était calme. De temps en temps les coups de feu d'une brigade abattant un chien troublaient le silence, puis la vie reprenait sa monotonie et sa pesanteur reposante. Georges aimait cette répétition des gestes allant jusqu'à l'hypnose, ce ronronnement paralysant progressivement toute pensée.

Parfois, à la nuit tombante, l'ombre d'un vélo glissait le long de la route. Une silhouette jetait furtivement quelque chose dans la boîte aux lettres et disparaissait, poursuivie par les détonations d'une brigade écologique. Le matin, on retrouvait le vélo au détour du chemin, la fourche brisée, un peu de sang, mais jamais la moindre trace du cycliste. Georges n'aimait pas ces jeteurs de tracts qui le mettaient toujours mal à l'aise. Pourtant il ne pouvait s'empêcher de parcourir rapidement les feuillets mal ronéotypés tirés de la vieille boîte aux lettres cabossée. Curieusement, le contenu en était invariable et tenait dans le leitmotiv de quelques phrases :

« Camarades-paysans... on vous trompe ! »
« Gouvernement pseudo-écologique »
« La véritable écologie... »

D'autres passages mettaient en relief la multiplication des condamnations à mort, l'extension de la peine capitale à des délits somme toute mineurs. Toutes choses qui paraissaient contenir une menace sourde. Georges lui-même avait remarqué ces derniers temps une prolifération des amputations et des ablations chirurgicales. En ville, le métro était plein de ces estropiés boitillant sur leurs béquilles ou leurs prothèses bon marché, et qui se disputaient âprement les places réservées aux mutilés.

Au dire de certains, on ne pouvait plus mettre les pieds dans un hôpital sans se retrouver avec un bras ou une jambe en moins.

Cette nouvelle « manie » n'épargnait personne, pas même les gosses.

Officiellement la faute en incombait aux germes viciés infestant l'atmosphère de cette foutue planète, aux bacilles générateurs de gangrène. Seule l'amputation pouvait empêcher la nécrose générale de l'organisme ; nécrose pouvant survenir à l'occasion de la plus infime blessure. Mais les mauvaises langues prétendaient qu'il ne s'agissait en fait que d'une opération de grande envergure visant à des prélèvements massifs de fragments humains, fragments ensuite acheminés vers les centres d'« engrais »...

Georges ne savait que penser. Passant devant un hôpital, il se surprenait souvent à examiner la haute cheminée dressée au-dessus des bâtiments. Cette cheminée ne fumait jamais ; fallait-il en déduire que le four réservé à la crémation des débris postopératoires ne fonctionnait plus ?

Mais Georges avait trop de problèmes avec le vent pour réfléchir plus longtemps. De jour comme de nuit, les rafales ne l'épargnaient pas, balayant la plaine, labourant l'herbe mal plantée, soufflant des bouffées de terre, creusant le jardin. Comme dans ses peurs d'enfant, Georges voyait alors les crânes des morts émerger progressivement, et devait se retenir pour ne pas aller faire éclater ces citrouilles de cauchemar à coups de pelle ou de pioche. Il se réveillait trempé de sueur, hurlant, secoué de spasmes, rêvant d'une plaine de béton grise et froide, sans terre aucune. Pour le calmer, sa sœur devait lui passer une serviette humide sur le visage et s'étendre à ses côtés pour le reste de la nuit. Georges aimait enfoncer sa tête dans les seins de Judith, sentir l'odeur de sueur et de soupe imprégnant l'étoffe rugueuse de sa chemise de nuit rapiécée. Alors, parfois, pendant que la terre crépitait sur les tuiles ou les carreaux, ils faisaient l'amour...

Tous les samedis, Judith ouvrait la porte de la remise et sortait le camion. C'était un véhicule d'un autre âge, noir et huileux ; le produit d'un accouplement monstrueux et secret entre une locomotive et un autobus. La jeune femme se glissait derrière l'énorme volant qu'il fallait empoigner à deux mains et manœuvrer de toute la force des épaules. Ils partaient, ponctuellement, tous les samedis, vendre une partie de la récolte aux gens du bord de mer. En réalité la « vente » se muait le plus souvent en troc, et le camion revenait le soir chargé de poissons et de coquillages. Georges aimait ces escapades, pourtant les plages du littoral étaient considérées comme le repaire privilégié des asociaux. Des jeunes pour la plupart, chevelus, à moitié nus, ou couverts de pièces de vêtements décolorées par le sel. Les plages étaient des lieux stériles, où rien ne poussait jamais. Le sable ne se laissant pas « fertiliser », les corps échoués finissaient le plus souvent dévorés par les crabes ou les oiseaux de mer, et du reste Georges avait l'intime conviction que le sable resterait à jamais rebelle à toute tentative d'ensemencement. « Autant enterrer un poisson dans la glace pilée en espérant y voir pousser des marguerites », disait souvent Judith.

Et, pendant que la jeune femme se faisait faire l'amour par un ou deux garçons, Georges plongeait les mains dans ce tapis cendreux et humide qui le fascinait. Ici on pouvait creuser sans craindre de tomber sur une rangée de crânes ou un fouillis de cages thoraciques emmêlées.

Une fois, il avait enfoui à une cinquantaine de centimètres de profondeur le corps d'un nourrisson flasque et violet que les vagues avaient rejeté au milieu des algues. Un mois plus tard, il était revenu au même endroit, la poitrine serrée par l'appréhension, mais le sable offrait toujours la même surface lisse et vierge. Rien n'avait poussé. Il en fut profondément soulagé.

Savoir qu'il existait sur cette planète un endroit résolument stérile le rassurait, comme l'aurait rassuré la présence d'une montagne en cas d'inondation ou celle d'une rivière dans l'éventualité d'un incendie.

« Pseudo-écologique »... les mots du tract tournaient dans sa tête. Jadis, bien des années avant sa naissance, et la naissance de son père, des maîtres géologues et des princes agronomes avaient décrété que la terre semblait fondamentalement réfractaire à tout engrais chimique. Seule la décomposition de tissus humains régulièrement renouvelés réveillait en elle le grand mécanisme de la germination. Fallait-il voir là une vérité scientifique ou la clef de voûte — parfaitement arbitraire — de ce qui était devenu une véritable religion ? Georges n'aurait pu le dire.

Alors revenait à la surface de sa mémoire les paroles d'une devinette enfantine, d'un de ces casse-tête chinois que les gosses affectionnent : « Qui, de l'œuf ou de la poule, a fait l'autre ? Qui est le premier ? »

Enfant, la poursuite de la solution l'hypnotisait jusqu'au vertige. A présent il avait l'étrange impression de se trouver en face d'un problème identique. Fallait-il des morts pour la terre, ou de la terre pour les morts ? Autrement dit, tuait-on pour nourrir la terre, ou bien la terre et son pseudo-appétit servaient-ils d'alibi aux tueries légales et organisées ? Il était à peu près sûr que personne n'en savait plus rien actuellement, et que, dans la tête des dirigeants, se mêlaient à égales proportions roublardise et foi...

Un jour, alors que Judith avait dû s'absenter une semaine durant pour régler un litige avec la coopérative agricole, Georges avait pris le camion et roulé, roulé, sans s'arrêter, n'écrasant la pédale de freinage que lorsque les roues avant du véhicule, après avoir crissé sur toute l'étendue de la plage, avaient mordu la frange d'écume des premières vagues. L'eau le fascinait, faisait naître mille questions. Le fond ? Qui avait vu le fond ? La plaine de béton se poursuivait-elle sous la mer, transformant l'océan en une vaste piscine à fond plat ?

L'eau, comme la terre, était-elle anémiée, malade ? Et il imaginait aussitôt des navires d'acier, funèbres et administratifs, appareillant à minuit pour déverser au hasard des vagues d'encre noire leur cargaison de noyés régénérateurs, silhouettes blêmes et gonflées, vite happées par le flot, coulant au ralenti vers le fond plat, gris, sans végétation aucune. Car, en l'absence de tout lichen, algue, plancton, il fallait bien nourrir le poisson d'une quelconque manière. Et son esprit peuplait les profondeurs d'une faune écailleuse et carnivore, issue en droite ligne du piranha et du requin. Dès lors pêcher ne devenait-il pas un grand danger ? Il voyait les frêles embarcations des matelots transformées en barques blindées pour échapper aux crocs des prédateurs marins, il voyait les pêcheurs achever au revolver chaque poisson ramené sur le pont. Souvent d'ailleurs, dans les bistrots des ports, il avait été fasciné par le nombre incroyable de petites cicatrices marquant les mains des hommes, par ces phalanges disparues, laissant la place à de courts moignons roses ou blêmes. Des morsures sûrement, des balafres ouvertes par mille gueules dentées et redoutables.

Alors il courait au marché, achetait un casier entier de poissons qu'il éventrait ensuite méthodiquement à la recherche d'un doigt, d'une oreille, sans jamais rien trouver…

Ce jour-là donc, il était assis sur le pare-chocs bosselé du camion, les pieds dans les vagues mourantes, lorsqu'il avait vu s'approcher un groupe de jeunes, des irréguliers probablement… Les cheveux longs des filles et des garçons flottaient pareillement dans le vent, ils étaient torse nu, et, de leurs paumes ouvertes, les filles protégeaient leurs seins des gifles de sable. L'une d'elles, aux cheveux coupés très court, presque rasés, portait au bras un brassard chiffonné où une inscription avait été maladroitement calligraphiée : « Front de libération intra-muros »…

L'un d'entre eux connaissait Judith, et par conséquent Georges. Ils le hélèrent, l'emmenèrent vers un pan de rocher faisant coupe-vent, et à l'ombre duquel un feu de camp avait été improvisé. L'après-midi se passa ainsi à manger des poissons grillés, à parler. Un peu grisé par le vin trop fort, Georges se laissa aller à un long monologue, exposant ses peurs, ses craintes, la répulsion qu'éveillait peu à peu en lui le travail de la terre… Alors, brusquement, la fille au crâne rasé prit la parole.

« Tu ne vois que des parcelles de réalité, murmurait-elle, le béton est sous ton champ, sous la plaine, sous la mer comme tu l'as deviné, mais aussi au-dessus de NOS TÊTES, masqué par une brume de nuages artificiels, tous ceux qui sont sur cette plage l'ont compris ! Le béton est au nord, au sud, à l'ouest et à l'est. Nous sommes dans un cube, une salle aux dimensions gigantesques. Qui peut se vanter d'avoir voyagé à sa guise sans rencontrer invariablement ces patrouilles-contrôle qui vous renvoient immédiatement à votre point de départ ?... Toute forme de voyage est strictement réglementée, impossible de s'écarter, d'aller... de découvrir. Pourquoi ? Par peur qu'un voyageur ne se trouve un jour au pied d'un mur barrant l'horizon, et ne découvre la supercherie...

« Nous sommes prisonniers, voilà pourquoi ce brassard porte cette inscription. Prisonniers d'une pièce côtoyant d'autres pièces du même type dans un immeuble gigantesque dont chaque étage contient autant de mondes qu'il y a de portes réparties de part et d'autre des couloirs le divisant... As-tu pensé qu'aux étages supérieurs, au-dessus du ciel-plafond qui nous surplombe, il y a d'autres océans ? Et si ce plafond se crevasse, se met à fuir comme une vulgaire baignoire, ne verra-t-on pas pleuvoir des poissons des nuages ? Des averses de sardines s'abattront sur les toits tandis que des trombes d'eau de mer venues du ciel saleront les champs, les rendant à jamais stériles. D'ailleurs n'est-ce pas ce qui s'est déjà passé, il y a longtemps, appauvrissant la terre que tu retournes à longueur d'année ?

« Quant au vent qui nous arrache la peau, nous rend chauves avant l'âge, blanchit les cheveux sans remède, ne vient-il pas d'un courant d'air provoqué par un trou dans les murs qui nous entourent ? A moins que le système d'air conditionné assurant les saisons artificielles ne soit déréglé. Nous sommes dans un univers truqué. Une cellule, une geôle avec une porte d'entrée quelque part, une serrure et une clef... Et cette clef est dans la poche d'un quelconque expérimentateur qui... »

Elle s'était tue, à bout de souffle, la voix éraillée par la véhémence du discours. La nuit tombait, Georges s'était levé pour regagner le camion. La main sur la poignée de la portière, il avait demandé :

« Et qu'est-ce que vous comptez faire ? »

Le plus vieux des garçons avait hésité, le jaugeant, puis finalement son doigt s'était pointé vers la mer...

« Une barque... Solide, pour aller jusqu'au bout de l'océan, au bout du monde si tu veux ! Jusqu'à l'endroit où les vagues meurent contre l'un des quatre murs. La mer est moins surveillée, tu sais, les contrôles ne s'éloignent pas du rivage.

« Une fois là-bas, nous avons assez de dynamite pour percer une ouverture, un tunnel... Nous irons de l'autre côté, et si c'est une autre chambre semblable à celle-ci, une autre cellule, nous recommencerons, et d'autres viendront avec nous... »

Georges avait démarré, troublé. En rentrant, il n'avait pas parlé à Judith des étranges révélations entendues sur la plage, elle aurait haussé les épaules ; elle trouvait les jeunes « beaux, gentils, mais un peu fous »...

La nuit, il s'était débattu dans son lit, rêvant d'un univers-HLM où chaque monde enfermé derrière une porte numérotée était à louer. Il imaginait que le locataire-dieu les régissant s'était enfui sans payer le loyer réglementaire, et qu'une obscure compagnie leur coupait d'abord l'eau, asséchant la mer, les rivières, les fleuves, puis l'électricité, éteignant le soleil et la lune, les plongeant dans une nuit opaque et glacée, les vouant à la plus sûre des agonies. Il s'était réveillé trempé de sueur, hurlant dans l'obscurité. Mais non, tout n'était que songes, délires d'une poignée de jeunes drogués à l'imagination malade. Mais... Oui. Judith avait raison, ils étaient beaux mais fous. FOUS.

Et pourtant si...

Depuis il s'efforçait de ne plus penser à la mer.

Georges se dressa sur les pédales rouillées, pesant de tout son poids en cadence, tantôt à droite, tantôt à gauche. La côte était dure, très dure, mais derrière était la ferme... et Judith. Le pédalier oxydé hurlait sur une tonalité suraiguë, provoquant l'envol des corbeaux que le vent contraignait à se tapir au sol la plus grande partie du jour.

Georges se sentait fatigué, et ses pensées se dissolvaient dans la brume de la lassitude. Pourtant, chaque soir, il recommençait, ressassant le temps du trajet les mêmes souvenirs, les mêmes angoisses, les mêmes interrogations. Cela faisait paraître la route moins longue. La sueur jaillissait de ses pores, immédiatement séchée par le vent. Bientôt dimanche ! Il faudrait faire toilette, s'habiller. Judith s'aspergerait, comme chaque semaine, de la même eau de Cologne bon marché qui lui rougissait la peau et laissait même parfois aux endroits sensibles de petites cloques blanches et molles. Il faudrait s'agenouiller au centre du jardin, comme les voisins, et attendre le passage du prêtre du gouvernement, avec sa soutane verte brodée de feuilles entrelacées. La procession arriverait en chantant l'une des innombrables hymnes à la terre, bannière au vent.

Le prêtre entamerait un sermon sur le thème « croire pour croître » puis passerait de jardin en jardin. Il s'arrêterait devant eux, sa main fouillerait le sol, arrachant une pomme de terre qu'il tendrait à Judith, et, au moment où la jeune femme planterait ses dents dans le tubercule souillé, il la bénirait tandis que monteraient vers le ciel les paroles du psaume…

« … Car ceci est de la chair et ceci est du sang. »

Georges crispa les mains sur le guidon du vélo, brusquement, les pédales lui paraissaient plus dures… moment où la jeune femme planterait ses dents dans le tubercule souillé, il la bénirait tandis que monteraient vers le ciel les paroles du psaume…

« … Car ceci est de la chair et ceci est du sang. »

Georges crispa les mains sur le guidon du vélo, brusquement, les pédales lui paraissaient plus dures…

LA MOUCHE ET L'ARAIGNÉE

... Le rasoir lui avait été arraché au moment même où le sang commençait à gicler sur ses cuisses nues...

Il ne souffrait pas, l'évanouissement tassait du coton dans ses circonvolutions mentales, trois sensations lui prouvaient encore qu'il existait : la barbe naissante sur ses joues creuses comme une démangeaison permanente, la pulsation désordonnée des veines saccagées à la hauteur de l'ombilic et le contact du carrelage glacé sur ses fesses aplaties. Les doigts mous, il lança la main droite sur sa poitrine et la fit ramper de côte en côte jusqu'au ventre. Un paquet de pansements — de drap, de linges ? — ficelés hâtivement entourait le cordon ombilical entamé par la lame...

Combien de temps lui faudrait-il pour trouver un autre rasoir ? Il songea qu'en se redressant et en se jetant de toutes ses forces en arrière, il ferait peut-être céder le cordon à demi sectionné, mais cette seule pensée lui fit serrer cuisses et mâchoires...

A présent, il distinguait les choses aussi parfaitement que le lui permettait sa myopie congénitale. Le couloir dallé restait vide jusqu'à la douzième chambre ; là, sur le paillasson, quelqu'un dormait, roulé en boule. Comme on ne voyait à cette distance que son dos nu et la plante de ses pieds sales, Gahl n'avait jamais pu définir s'il s'agissait d'un homme ou d'une femme. Au plafond, les ampoules jaunes à filaments apparents clignotaient, annonçant leur prochaine extinction. Comme les parois étaient dépourvues de toute ouverture, fenêtres, vasistas, meurtrières, fissures, ce fut l'obscurité totale. Il aurait fallu se redresser sur un coude, tâter la peinture cloquée du mur jusqu'au téton de la minuterie... mais il se sentait trop faible. Sur le paillasson de poils jaunes, le sang commençait à sécher... Gahl songea à la mère, derrière la porte entrebâillée de la chambre, couchée sur son lit aux sangles lasses, les cuisses resserrées sur le cordon émergeant de la broussaille noire du sexe pour filer par l'entrebâillement du battant jusque dans le couloir... Jusqu'à lui, Gahl, affaissé en diagonale sur les carreaux luisants. C'est du moins ainsi qu'il se l'imaginait.

A cet étage, peu de chambres étaient occupées. Excepté Gahl et l'être inconnu dormant en ce moment sur le paillasson de la chambre 12, il n'y avait eu aucune naissance au cours des vingt dernières années.

... Soudain, le flot de nourriture quotidien se mit à courir le long du cordon, et le jeune homme grimaça lorsque les contractions atteignirent la hauteur de l'entaille. Un moment, il crut que le boyau allait se rompre sous la tension, mais rien ne se passa et la nourriture se déversa sans problème à l'intérieur de son ventre.

L'onde de chaleur lui fit oublier le contact du carrelage glacé sur ses reins...

Après, le sommeil... lourd, puissant
gommant tout... le rasoir
l'entaille
la douleur...

Un sommeil cosmique le garantissant de la mort, le plaçant en marge de tout écoulement temporel... Un oubli puissant dans un repli du temps, quelque part dans le vide de l'espace...

Un néant magique, sans limites. Une inconscience entrecoupée de réveils comateux, jamais assez longs pour que l'esprit puisse se dégager de l'engourdissement des limbes...

Un sommeil lourd, puissant...
gommant tout... le rasoir
l'entaille...
la douleur

... et la toison rêche du paillasson dont on se demande de quel pelage provient poil si rude, véritable rectangle d'épines taillé à même le flanc d'un hérisson monstrueux...

et le couloir, tunnel carrelé de faïence que l'urine des dormeurs a fini par teinter de traînées jaunes indélébiles rebelles aux jets de bactéricides fusant des plinthes pour désagréger les excréments évacués pendant le sommeil, et le plus souvent sous forme liquide, comme il est de coutume pour des êtres n'avalant aucune nourriture solide...

ou le carrelage avec les divisions régulières de ses petites rainures fétides où l'ongle s'enfonce avec une joie malsaine, ramenant chaque fois une pâte noire ou brune dont il vaut mieux ignorer l'origine...

Pourtant ce sont des dieux qui dorment ainsi au milieu de leurs déjections, de leurs vomissures d'estomacs trop remplis... Des dieux agrippés au cordon ombilical jailli de leur ventre, des immortels pendus à ce filin de peau molle comme des alpinistes au-dessus d'un abîme nauséeux, priant que la corde sur laquelle ils sont tétanisés ne vienne pas à se rompre...

et, de part et d'autre du sentier de faïence, les portes, toutes semblables, face à face, distribuées selon l'intervalle énigmatique de trois mètres cinquante...

un couloir d'hôtel cosmique...

des chambres louées à l'éternité, avec des portes closes ou entrebâillées sur la reptation d'un cordon translucide... des locataires divins avec bail pour l'infini...

une maison, un vaisseau peut-être...

Gahl s'était assis sur le paillasson, indifférent au contact irritant des poils rêches sur ses fesses et ses testicules.

Gahl s'était assis, le front posé sur les genoux... Bientôt son cordon serait assez grand pour lui permettre d'atteindre la porte suivante; il n'aurait alors qu'à se redresser et à frapper sur le numéro d'émail, assez fort pour se meurtrir les phalanges... Si la chambre était occupée, une voix féminine lui crierait d'entrer. Il fallait, bien sûr, disposer d'assez de «mou» pour aller jusqu'au lit de cuivre où la fille attendait, cuisses ouvertes, le passage du fécondateur depuis un an peut-être...

... ramper entre ses jambes, chaque soir, l'empaler autant de fois qu'il faudrait pour que son ventre se mette à gonfler… et puis attendre, au pied du lit, le dos contre les montants de cuivre, que les mois passent. C'est du moins ce qu'expliquait à longueur de journée la voix nasillarde du conteur civique retransmise d'étage en étage par les boîtes grillagées des haut-parleurs…

Le cordon de Gahl n'était pas encore assez long, à peine pouvait-il se tenir pieds joints sur le paillasson de la chambre contiguë, et de toute manière, il avait la certitude qu'elle était encore inoccupée.

Certaines mères pouvaient, bien sûr, être fécondées plusieurs fois, ou accoucher de jumeaux par exemple… c'est, dans ce cas, plusieurs cordons qui sortaient de leurs sexes pour courir jusque sur le paillasson. Mais les accouchements multiples posaient de graves problèmes, l'enfant pouvant s'étrangler avec le cordon du précédent, ou même l'arracher… En règle générale, il était proscrit de féconder une femme déjà mère, mais certains mâles passaient outre, soit parce que leur cordon trop court ne leur permettait pas de frapper à une autre porte, soit parce qu'ils étaient las de chercher, ou d'attendre qu'une chambre fût occupée.

Le rôle du fécondateur restait mal défini. La loi, les usages, la tradition imposaient sa présence dans la chambre jusqu'à l'accouchement qu'il devait aider de son mieux. Il était ensuite tenu de laver l'enfant avant d'aller le déposer sur le paillasson. C'était une opération délicate, car le cordon ombilical trop tendre, et en tout cas peu résistant, pouvait se révéler trop court. Il fallait alors déplacer le lit de la mère pour que le fin boyau passant par l'entrebâillement de la porte ne fût pas trop tendu. L'homme était ensuite libre de partir, ce qu'il faisait le plus souvent.

L'éducation des enfants restait le privilège du conteur civique dont les chuintements métalliques couraient d'étage en étage, véhiculant conseils, histoires, chansons…

Gahl n'avait jamais eu avec netteté la sensation d'un quelconque écoulement temporel ; il faut dire que chaque flux de nourriture le plongeait dans un état de demi-conscience proche du ralentissement vital couramment pratiqué par les reptiles.

Pourquoi avoir tenté de sectionner le cordon avec ce rasoir découvert sous le paillasson ?

Et d'abord, que faisait-il sous le tapis-brosse pelé, encastré dans une fente du carrelage disjoint, semblant attendre ? Mais peut-être y en avait-il au pied de chaque porte, peut-être étaient-ils destinés à chaque enfant mâle afin de leur permettre des milliers de futurs rasages quotidiens ? Aux autres étages, les hommes ne portaient sûrement pas la barbe... Mais ce n'était là, après tout, que pure spéculation car Gahl n'avait jamais vu d'autres hommes... et encore moins les autres étages...

Au bout du couloir s'ouvrait la cage de l'escalier de fer qu'aucun pas ne faisait jamais retentir, aucun cordon n'étant assez long pour permettre de monter, ou de descendre d'un étage.

A ce niveau, avait expliqué le conteur, les mâles s'appelaient Gahl et les filles Gahle, mais le nom des filles n'avait en fait que peu d'importance, seule comptait leur présence dans la chambre au moment où l'on frappait, car si la pièce était vide, et le restait, il fallait attendre que la croissance du cordon permît de sauter sur le paillasson suivant, et cela pouvait demander quelques années de patience... La peur, la grande obsession de chacun, se résumait dans l'angoisse du vide, de l'absence de réponse qui suivrait les trois coups frappés sur le numéro d'émail... PUIS GAHL CESSA ENFIN DE SE DEMANDER POURQUOI IL AVAIT FAIT UN SI MAUVAIS USAGE DU RASOIR, CE JOUR-LÀ... Les berceuses du conteur musique l'aidèrent à dormir, on ne lui fit jamais aucune remontrance, mais le rasoir lui fut à jamais confisqué.

Chaque chambre a deux portes aux antipodes l'une de l'autre. Ouvrir la seconde, c'est se retrouver dans un nouveau couloir en tout point identique au précédent... Mêmes paillassons, mêmes carreaux froids et blancs. Chaque femme restant immuablement reliée à sa propre mère, le cordon passe par la seconde porte, traverse le couloir comme une corde à linge détendue et disparaît dans l'entrebâillement de la chambre d'en face.

La loi est la même pour les hommes et pour les femmes.

Les fillettes grandissent dans le couloir, sur le carrelage, dès que le cordon le leur permet, elles entrent dans une chambre et se couchent sur le lit.

On pourrait monter, descendre, revenir sur ses pas, sans que change le paysage. Les couloirs succèdent aux couloirs. On pourrait, au même étage, traverser de part en part des enfilades de pièces et de corridors que le problème resterait le même : chaque chambre est nantie de deux portes, chacune ouvrant sur un couloir, dans ce couloir deux nouvelles rangées de portes ouvrent sur des chambres ouvrant elles-mêmes sur d'autres couloirs qui…

Jamais le regard ne se trouve face à une muraille sans porte, à une fenêtre, une lucarne, une ouverture sur l'extérieur. Certains étages sont entièrement inoccupés, déserts, poussiéreux, d'autres : corridors grouillants où il faut enjamber des forêts de genoux repliés.

Le conteur civique l'a expliqué… il s'agit d'une tour, sans pourtant jamais préciser à quel niveau se situe Gahl… Peut-être est-ce à 627 étages au-dessus du sol… ou au-dessous ? Comment savoir ?

Ici, les femmes fournissent une nourriture reçue de leur génitrice. Leur substance donne l'éternité à tous ceux que relie le cordon… Mais qu'une rupture se produise quelque part dans la chaîne, et c'est la mort pour tous ceux qui ne sont plus en contact avec la racine… La mort transmise de chambre en chambre, de lits en couloirs, jusqu'au dernier maillon, qui se racornira à son tour…

Oui, ici l'immortalité coule de cordon ombilical en cordon ombilical comme une sève pulsée de femme en femme… Où prend-elle sa source, où se trouve le cordon primitif, la bouche initiale, le ventre premier, qui l'absorbe, la mâche, l'avale ?

Où se trouve la racine de cette éternité qui dort sur des lits fatigués, le long des couloirs carrelés de blanc sale… ?

Où se trouve la racine de cet empilement d'étages ?

On pourrait courir, on pourrait creuser, sans jamais sortir de ce terrier vertical. Le labyrinthe enfante le labyrinthe, et chaque écho en fait naître un suivant. Analogie et prolifération copulent derrière des portes numérotées… La toile se tisse, se tricote avec des mailles de boyau. Et chacun attend, enchaîné comme à un piquet à cette caravane de matrices immobiles qui lui injecte l'éternité.

Pourquoi l'éternité ?

Il faudrait savoir quelle est la responsable qui, aux tréfonds des caves de la tour, perdue dans les fondations abyssales du bâtiment, a décidé une fois pour toutes de ne jamais lâcher la rampe... Nectar et ambroisie synthétiques, par perfusions, trachéotomie, injections, transfusions... et la pompe à immortalité, à la tête du lit injecte... injecte... elle ne désamorcera jamais.

Comment savoir en fait ?

Quoi qu'il en soit, un cordon intact c'est l'assurance de la plénitude stomacale, de l'engourdissement bienheureux des après-dîners pour l'éternité ; et la voix du conteur musique qui sait faire chanter les mots de ses histoires multicolores ronronnant aux oreilles comme un coussin rempli de chats vivants glissé sous la nuque.

Se remplir... dormir... dormir... se remplir... Dans la joie de l'immobilité repue.

La blessure de Gahl avait affaibli la vitalité du cordon et il dut attendre longtemps avant de pouvoir enfin s'asseoir sur le tapis-brosse de la chambre contiguë. L'oreille collée au panneau de bois, il guettait avec avidité l'instant du premier craquement, du premier grincement de literie ; mais le battant trop épais ne laissa rien filtrer.

Sans qu'on sache très bien pourquoi, l'être qui dormait sur le paillasson de la chambre 12 mourut, c'est du moins ce que Gahl supposa, car il le vit un jour rouler au beau milieu du couloir, bras en croix, et demeurer immobile... Plus jamais il ne devait se relever. La puanteur s'installa rapidement, de porte en porte, tenace, parfaitement à l'aise dans l'atmosphère déjà lourde du couloir. Gahl passait des journées entières à plat ventre sur les carreaux froids, le nez dans les poils rugueux du paillasson, la bouche et les joues écorchées, fuyant l'abominable odeur... Autant que sa myopie et l'éclairage à bout de souffle du corridor lui permirent d'en juger, le corps se recroquevilla, diminua de volume comme le cadavre d'un brûlé. On eût dit une chrysalide desséchée, que le cordon se rétractant traînait peu à peu à l'intérieur de la chambre. Il avait disparu et la porte s'était refermée que l'odeur persistait encore... A la fin, n'y tenant plus, Gahl se redressa et se meurtrit les phalanges sur la plaque d'émail numérotée...

Une voix jeune mais enrouée par un trop long mutisme lui fit écho. Il entra.

Le lit occupait tout l'espace, énorme. Un matelas boursouflé piqué sur des pieds de cuivre, gonflé de paille poussiéreuse, ou d'herbe sèche. Les draps et les oreillers semblaient avoir été teints à l'urine, et la fille aux seins inexistants qui ouvrait les jambes en fermant les yeux y paraissait minuscule... Gahl s'avança, mais le cordon était décidément trop court et il dut s'arrêter, les mains sur la rambarde de cuivre. De là, on ne sentait presque plus l'odeur.

Il s'assit en tailleur, le dos au mur, et se mit à penser au rasoir. Et le temps...

À CET INSTANT LA SENSATION SE MANIFESTA...

Ce n'était pas la première fois qu'elle montait en lui, déjà avant l'épisode du rasoir...

C'était quelque chose de fuyant, une clef, la solution d'une énigme qui montre son ombre et se dérobe...

L'impression irritante de commettre une ERREUR D'INTERPRÉTATION...

Oui, c'était exactement cela... une erreur d'interprétation.

Elle hurle... Une boule de drap mouillée de salive coincée entre les mâchoires. Et son ventre comme une bulle de chair semble appeler l'épingle à chapeau. Gahl a envie de peser dessus avec un oreiller, comme sur un furoncle hypertrophié. Elle hurle, mal, sans ampleur... de petits hurlements cassés sur des notes discordantes, des hurlements-hoquets, entre deux aspirations où elle renifle et sa morve et ses larmes... Gahl ne l'a prise qu'une fois... Il y a longtemps, pendant une panne de la minuterie, ce qui les a tous deux dispensés de fermer les yeux. Elle avait la chair molle et sans muscles, et le pubis nu... Mais quel âge avait-elle ? Elle hurle... Et la boule chauve, sanglante, naît entre ses jambes que Gahl, les mains nouées autour des chevilles, maintient écartées. Dans les contractions et soubresauts de l'accouchement, le cordon de la jeune femme s'est déchiré, il a dû s'accrocher à l'aspérité d'un montant de cuivre. L'hémorragie ne s'arrêtera donc jamais ? Il se débat au milieu des oreillers rougis, le gosse est sur le sol, sous le lit, à l'abri, le cordon lové à sa tête comme un rouleau de cordage ou un nœud coulant de pendu...

Elle ne crie plus, la boule de drap mouillée a glissé entre ses seins plats, et pour la première fois Gahl la regarde d'assez près pour s'apercevoir qu'elle a les yeux verts... Elle se vide de son sang et de sa couleur, même ses yeux pâlissent... Gahl se glisse sous le lit. Quand la mère meurt, le gosse la suit... Le cordon les relie comme deux vases communicants, c'est bien connu... et si l'un se remplit de mort...

Retrouver le rasoir. Gahl sort dans le couloir, retourne le paillasson, sous celui-là il y a aussi un rasoir, qui attend, lame ouverte. Il s'en empare, retourne sous le lit, sectionne le boyau à dix centimètres du ventre du nouveau-né, et le noue... serré...

Le lendemain Gahl retournait s'installer dans le couloir, après avoir coupé la lumière dans la chambre et tiré un drap sur les yeux vides de la fille désormais immobile. Lorsqu'il claqua la porte, l'enfant posé sur le paillasson se mit à pleurer... C'était une fille, elle s'appellerait donc Gahle. Il eut du mal à nettoyer le rasoir, et la lame se piqua de rouille. Cette fois, l'odeur de putréfaction ne filtra pas dans le couloir, mais l'enfant ne cessa pas pour autant de pleurer... Gahl comprit qu'elle avait faim... Mais il n'y a jamais eu de nourriture dans les couloirs et les dents n'ont jamais servi qu'à claquer lorsque le carrelage devient trop froid... et la langue n'a jamais connu la brûlure d'un liquide, ou les attaques des épices. C'est la bouche sans dents, sans langue et sans joue de l'ombilic, perchée à vingt centimètres au-dessus du sexe, qui pompe la nourriture, scellée au cordon comme des lèvres tétanisées sur une paille de peau molle...

Le conteur civique le leur a expliqué, en cas de rupture du cordon, par accident ou malveillance, l'accidenté ou la victime se trouvent irrémédiablement séparés de leur source de nourriture... C'est la mort par inanition à brève échéance, six mois, un an tout au plus selon les réserves et la résistance de chacun... Il n'y a pas de nourriture dans la tour, il n'y en a jamais eu.

L'enfant grandit vite, ou peut-être est-ce le temps qui coule en accéléré. Gahl, empêtré dans ses demi-sommeils d'après-dîner, est bien incapable de le dire.

D'abord, elle a progressé de paillasson en paillasson, se traînant sur le ventre, carreau après carreau. Maintenant elle marche à quatre pattes, mains et genoux noirs de la poussière du carrelage. Elle avance tête basse, son derrière blanc tressautant, les boucles brunes lui dégoulinant sur le visage. Gahl n'aime pas la voir s'éloigner, remonter le couloir. Le quinzième carreau franchi elle devient floue, comme happée par le brouillard, jamais il n'a tant maudit sa myopie. Il doit rester là, triturant le cordon entre ses mains moites, à attendre qu'elle revienne vers lui, lentement, comme émergeant d'une eau trouble... Elle ne peut pas rester en place, lorsqu'elle passe devant lui, c'est pour immédiatement s'éloigner dans l'autre sens, vers l'escalier. Il n'ose pas l'appeler, persuadé que ses appels trahiront son infraction... on n'appelle pas quelqu'un limité dans ses déplacements par son cordon ombilical, comme un chien par sa chaîne.

Puis un jour elle descend la première marche de l'escalier, et Gahl comprend qu'elle ne tardera guère à s'en aller. Elle prend l'habitude de partir le matin, toujours à quatre pattes. Elle escalade les marches qui lui rabotent le ventre et, très rapidement, disparaît vers les étages inférieurs ou supérieurs. Peut-être va-t-elle retrouver d'autres enfants qui, eux, ne peuvent pas se déplacer. Si seulement il y avait eu d'autres naissances dans le couloir, mais aucune porte ne s'est ouverte depuis la mort de l'occupant de la douzième chambre, et Gahl semble bien destiné à rester seul. Son cordon ne pousse plus et il n'entretient plus guère l'espoir d'aller frapper à un autre battant. L'enfant revient le soir, de plus en plus fatiguée. Les genoux écorchés par la reptation sur les marches métalliques de l'escalier... Puis un jour elle disparaît.

Gahl a beaucoup de mal à dormir, et il lui semble que les

carreaux du sol deviennent plus froids. Il a beau se répéter qu'il est idiot de s'attacher à un enfant; l'évidence de l'affirmation n'arrive pas à s'implanter dans son esprit. Il songe de nouveau au rasoir...

Ce fut le destin qui décida pour lui. Sans qu'on sache très bien pourquoi, la porte de la chambre maternelle claqua brusquement comme sous l'effet d'un courant d'air, sectionnant le cordon à un mètre de son ventre. Cela ne lui fit pas mal, la proximité seule de l'ombilic étant innervée. Le sang jaillit sur le mur, poissa la porte jusqu'en dessous du numéro. Il eut le réflexe de nouer l'appendice au ras de ses muscles, comme il l'avait fait pour l'enfant. Au bout de trois jours, le reste du cordon se dessécha et tomba... Gahl souleva alors le paillasson, ramassa le rasoir et marcha vers l'escalier.

La dernière fois qu'il l'avait vue, l'enfant descendait. Il se demanda s'ils vivraient tous deux assez longtemps pour se retrouver...

Cela se passa d'une manière parfaitement prévisible, sans surprise, pourrait-on dire.

Il erra... de palier en palier, jusqu'à trouver l'enfant recroquevillée au détour d'une envolée de marches. Morte.

Il s'arrêta... pleura, ou se mordit les lèvres, plus par nervosité que par réel chagrin, puis la faim se fit sentir... Comme une morsure au ventre. Alors Gahl découpa le corps avec le rasoir, et malgré sa répugnance, en porta des morceaux à sa bouche...

Après tout fut simple. Il se glissa de couloir en couloir, le rasoir à la main, jusqu'au moment où la faim trop insupportable le poussa à recommencer jour après jour...

Alors les immortels eurent peur, et les femmes ne répondirent plus quand on frappa à leur porte.

« ERREUR D'INTERPRÉTATION »

C'était comme une ampoule rouge clignotant dans les méandres de son cerveau. Une palpitation douloureuse qui mit un moment à disparaître...

« ERREUR D'INTERPRÉTATION »

Gahl descendait, escalier après escalier, étage après étage. Peu habitués à la station verticale, ses talons supportaient mal le contact du fer rouillé des marches. Parfois il lui fallait s'asseoir, le dos contre la muraille de brique. La cage de l'escalier recueillait et amplifiait les chuchotements des couloirs, et cela faisait comme un bourdonnement de mouches invisibles, indistinct mais toujours présent. Comme une caisse de résonance, l'escalier charriait les milliers de paroles échappées des portes entrouvertes... Il descendait, libre, sans attache, seul nomade dans cette toile d'araignée de cordons ombilicaux qui clouait ses habitants sur des paillassons, qui les condamnait à l'immobilité. Toute cette humanité piétinante lui faisait penser aux mouches qui s'engluent dans une toile, et vibrent désespérément, tandis que l'araignée glisse de fil en fil, comme à la surface d'un lac, et descend... descend.

Gahl descendait.

Quand la faim se manifestait au point de lui badigeonner les yeux de brouillard noir, ou de plier ses jarrets au moindre faux pas, il abordait au couloir le plus proche, à l'heure de l'engourdissement. Toute répugnance envolée, il agissait vite, s'attaquant aux femmes de préférence parce qu'elles s'agitaient moins, la terreur les clouant sur leur matelas. Sa faim apaisée, il repartait... reprenait la descente.

Que pouvait-on contre lui ? Pour lui donner la chasse, pour le combattre et l'anéantir, il aurait fallu qu'un autre homme acceptât lui aussi de se libérer de son cordon et le poursuive de palier en palier, rasoir en main jusqu'à l'affrontement final. Mais après ? Il y aurait la faim du survivant à combler, la faim du vainqueur... et tout recommencerait. Quiconque se libérerait deviendrait anthropophage en puissance, tuer Gahl c'était changer de bourreau. La seule solution concevable était inapplicable, elle supposait que l'homme dépêché contre lui acceptât, après l'avoir supprimé, de se suicider pour ne pas devenir à son tour un prédateur... Personne n'avait à ce point le sens de la communauté. Non, on ne tenterait rien contre lui, il le savait.

Il descendait, poussé par le besoin obscur de retrouver la racine et de la sectionner. Le soir, il s'asseyait au détour d'un palier, le rasoir sur les genoux... cassait une ampoule pour que l'ombre le recouvrît, puis, les yeux clos, commençait à parler. Il s'adressait au peuple des couloirs, d'une voix forte mais égale, que la cage de fer de l'escalier amplifiait comme un porte-voix. Il leur expliquait lentement ce qui se passerait quand il aurait atteint la racine. Un simple coup de rasoir suffirait à les séparer irrémédiablement de la mère initiale, ils resteraient tous prisonniers d'une toile d'araignée sans amarre, dérivant, à jamais privés de la source d'immortalité, isolés, avec leurs corps redevenus humains, avec l'appel de leurs organes, la tyrannie physiologique des viscères, avec la faim... avec la mort.

Il n'y aurait plus alors qu'une alternative... Mourir, cramponné à un cordon desséché et désormais inutile, ou se libérer, comme lui, Gahl, se retrouver debout, errant, rasoir en main... et chasser.

Il leur dépeignait l'angoisse de la faim, expliquait qu'il leur faudrait s'affronter, s'entre-tuer, s'entre-dévorer de couloir en couloir, pour survivre. Il annonçait la naissance des clans, la chasse aux plus faibles, les enfants menacés, la nécessité de se reproduire pour pouvoir se nourrir... La peur.

Il n'y aurait plus de toile, rien qu'une masse grouillante et sans cesse changeante de mouches et d'araignées.

Il descendait, dans un murmure de rage et d'effroi. Le soir, quand il reprenait son discours de la veille, tapi au creux d'un palier, un concert de cris tentait de couvrir sa voix, et l'édifice entier vibrait d'angoisse.

Il descendait.

Puis un jour les marches moururent sur un sol de terre battue, la rampe cessa de courir le long du mur de brique, il n'y avait plus d'escalier. Il était arrivé.

Sur une chaise s'entassait une redingote noire amidonnée et luisante. Rigide comme si elle avait été taillée dans du carton. Un chapeau melon anormalement lourd pour un chapeau melon.

Gahl eut l'impression soudaine d'être en train de commettre une erreur d'interprétation. Tout cela lui rappelait quelque chose... Quelque chose qui cherchait désespérément à remonter à la surface de sa conscience. Finalement il endossa le costume. La montre glissée dans le gousset possédait une gigantesque chaîne dorée, qui, après avoir rempli la poche, coulait sur le sol, serpentant vers un anneau scellé dans le plancher, auquel elle se trouvait reliée. La porte découpait un rectangle noir sur le mur. Un simple battant ripoliné nanti d'une poignée de porcelaine fendillée. Gahl resta deux jours et deux nuits assis sur la dernière marche, ne pouvant se décider à franchir le seuil. Finalement, il tendit la main, le battant pivota aussitôt, la porte n'était pas fermée... derrière, il faisait noir, très noir.

Sarah appuya son front contre la vitre fumée de la petite salle sombre et silencieuse. De l'autre côté du trottoir, un policeman avait arrêté son cheval près d'une borne rouge d'incendie et les gosses esquissaient parfois un geste vers la crinière, ou jetaient à la dérobée quelques éclats de popcorn sur l'asphalte dans l'espoir de voir l'animal sortir de son immobilité indifférente. La rue était noyée de soleil.

Ainsi Gahl était mort...

Dans les gobelets, sur la table de la cafétéria du centre médical, le chocolat maintenant froid commençait à s'épaissir. Markham croisa et décroisa les genoux pour la sixième fois consécutive. Son uniforme frappé de l'écusson du service médical et psychologique lui donnait l'air curieusement emprunté. Elle se rendit compte soudain qu'elle n'avait jamais vu auparavant Markham en uniforme.

Ainsi Gahl...

« Psychologiquement, votre divorce, le fait qu'on vous ait confié la garde de l'enfant l'avaient beaucoup marqué... Votre mariage avait été arrangé par vos familles respectives, je crois ? Il souffrait d'être pris dans un réseau de structures rigides. La véritable tyrannie exercée sur lui par sa mère durant toute son adolescence... l'absence de son père, mort trop jeune... Il m'en parlait souvent, il voyait le monde divisé en mouches et en araignées. C'est sûrement tout cela qui l'a poussé à se porter volontaire pour le programme... »

Il fit une pause...

« Le produit favorise l'activité onirique, ajouta-t-il à mi-voix, les constructions de fantasmes. C'est tout ce qu'on peut avancer comme explication... »

Il se mit à tripoter la visière de sa casquette...

« Il a arraché son drain à perfusions ombilicales. Une accoutumance à l'anesthésique a dû se produire, n'étant plus assez endormi, il a commencé à vivre ses rêves en état somnambulique. Les caméras de contrôle l'ont filmé pendant qu'il déambulait à travers tout le vaisseau... C'est une histoire impossible, il s'en est pris aux autres membres de l'équipage placés comme lui en sommeil artificiel. Les perfusions ne le nourrissant plus, on raconte qu'il se serait livré à des simulacres d'anthropophagie. C'est du moins la version officielle, quant à moi je suis beaucoup moins sûr qu'il s'en soit uniquement tenu aux simulacres... L'ordinateur a tenté plusieurs fois de le réveiller en lui envoyant le signal "erreur d'interprétation", rien n'y a fait... L'armée a récupéré la capsule dans le plus grand secret, on parlera de défaut de pressurisation. »

Sarah décolla son front de la vitre, le contact du verre avait laissé sur sa peau une tache glacée, comme un durcissement de la chair au-dessus des sourcils. Elle chercha quelque chose à dire pour retarder la seule question qu'elle était venue poser...

« Qu'est-ce que vous allez faire maintenant ?

— Le programme est stoppé. Tout le processus du voyage en "vie suspendue" est à revoir. Les réactions allergiques comme celle de Gahl devront désormais être prévues. »

La voix de Markham s'éloignait et les insignes de son uniforme dansaient dans la pénombre. Elle avala une dernière fois sa salive...

« Comment est-il mort ?... Je veux dire, vraiment... on l'a abattu à l'arrivée ? »

Il sursauta, choqué, et une mimique de désapprobation se peignit sur son visage...

« Non, il est sorti dans l'espace avec son scaphandre,

pour une “marche”, c'était sa spécialité dans le cadre de la mission. Il a sectionné le câble qui le retenait au vaisseau… le “cordon”, comme on l'appelle… Je suis désolé, Sarah, il flotte quelque part… je ne sais pas quoi vous dire… je ne sais pas. »

Il n'y avait rien à dire. Elle posa son front contre la vitre, prenant soin de faire porter le poids de sa tête sur la région précédemment insensibilisée par le froid du verre. Dehors, les enfants, lassés par l'indifférence du cheval, s'étaient éloignés.

VISITE GUIDÉE

La douleur jaillit au bout de son doigt, déchirant le voile de somnolence qui l'enveloppait. Georges fit un bond en arrière et sa tête alla durement heurter la paroi de brique rouge de la meurtrière où il s'était assoupi. L'espace d'une seconde il eut la vision de sa main droite, inondée de sang, et du curieux insecte caparaçonné de chitine qui s'éloignait à reculons, emportant entre ses pinces hypertrophiées l'ongle qu'il venait d'arracher à l'index de l'homme endormi. Georges détestait ces bestioles dont les fissures de la tour fourmillaient, mais sa répugnance était si grande qu'il ne trouvait jamais le courage de les écraser. Déjà la bête filait à l'abri d'une lézarde, brandissant son trophée. Georges grimaça : à présent la douleur devenait intense ; une vrille de feu dont les effets se faisaient sentir jusqu'au coude. Il se redressa en titubant, levant son poignet d'où le sang coulait en grosses gouttes sombres et traversa la pièce en direction de l'armoire vitrée.

Le soleil pénétrait par la meurtrière, partageant la chambre octogonale d'une grande ligne dorée où dansait la poussière. Georges parcourut rapidement des yeux la rangée de flacons pharmaceutiques encombrant la plus haute étagère, au-dessus des alignements d'instruments chirurgicaux sur lesquels la lumière faisait chanter des éclats de chrome. Il trouva ce qu'il cherchait : un composé anesthésique et désinfectant dont il fit sauter le bouchon avec ses dents, et aspergea ses doigts, insouciant des éclaboussures qui constellaient sa chemise. Très rapidement la pulsation de la douleur diminua en intensité, l'extrémité de son index s'engourdit et un froid glacial raidit sa chair jusqu'au biceps. Il se sentit mieux.

Il s'était conduit de façon stupide, la tour, véritable cheminée de brique rouge, rectiligne, dépourvue de créneaux et percée à de rares endroits de la fente étroite d'une meurtrière, était un véritable paradis pour les insectes de toutes sortes. Les « lucanes-chirurgiens » notamment y pullulaient. Dans sa jeunesse Georges avait vu l'un de ces coléoptères du diable s'introduire dans la bouche d'un dormeur pour lui arracher une dent. Toutefois c'était là un cas limite, la plupart du temps les cerfs-volants se contentaient de s'en prendre aux ongles des personnes inconscientes, usant de leurs formidables pinces comme de véritables tenailles. Nul ne connaissait la raison de ces larcins et les entomologistes se perdaient en conjectures, se raccrochant à l'hypothèse — peu convaincante au demeurant — de cadeaux prélevés par le mâle à la saison du rut et destinés aux offrandes de la parade nuptiale.

Georges tailla rapidement un pansement sur l'un des rouleaux de bande adhésive antiseptique. Il lui faudrait trouver des gants s'il ne voulait pas que la chose se reproduise. Des gants de cuir épais et résistant. Il pensa en souriant à la scène que n'aurait pas manqué de lui faire Lise. Combien de fois lui avait-elle répété : « Je me demande comment tu peux rester toute la journée dans ce foutu endroit ! C'est sale, ça pue, et on ne peut s'asseoir nulle part sans aussitôt poser ses fesses dans un nid de vermine ! »

Sûrement n'avait-elle pas entièrement tort, et beaucoup au ministère devaient penser qu'installer un dispensaire dans un lieu dépourvu de la plus élémentaire hygiène participait d'un bien curieux cheminement logique. Georges marcha vers la meurtrière, ramassa la paire de jumelles abandonnée sur le rebord de brique. Le soleil les avait rendues brûlantes et il dut renoncer à l'idée d'en porter les oculaires à ses yeux.

La tour était le seul endroit d'où l'on dominât l'étendue de la réserve. Une sorte de phare, de donjon dont la raison d'être semblait aujourd'hui totalement oubliée.

« Je suis sûre que c'est un faux mirador, avait coutume de dire Lise lorsqu'elle cherchait plus ou moins consciemment à provoquer une scène de ménage. On dirait une de ces constructions utilisées jadis par les naufrageurs pour détourner les avions ou les bateaux. En tout cas, c'est un sacré symbole phallique, et ton insistance à y élire domicile pourrait amener certaines personnes à parler du pénis de remplacement, non ? » Généralement il ne répondait pas, ignorant la provocation.

Il faisait chaud, très chaud, et la découpe filiforme de la meurtrière faisait penser à l'ouverture d'un four déverrouillé, ou à la bouche vorace d'un foyer de locomotive, il en montait la même chaleur, le même éblouissement. Il s'agenouilla, ramassant la grappe de raisin qu'il avait laissée filer entre ses doigts lorsqu'il s'était assoupi. Les petits grains sombres, à présent poussiéreux, laissaient flotter une odeur entêtante de chair fanée, de fruit pourrissant. Il porta le muscat à sa joue, contre sa peau hérissée de barbe, les baies avaient une consistance molle, ridée. Il détendit brusquement le bras, jetant les fruits dans le soleil comme un préposé aux incinérations fait basculer dans la chaudière de l'hôpital son lot quotidien de débris opératoires. Sa main n'émettait plus qu'une douleur sourde à intervalles réguliers, telle une balise radio balbutiant un fragile S.O.S. ; il choisit de l'enfouir au fond de sa poche et se leva d'une détente des reins. Ses yeux, éblouis par la violence du jour, ne lui laissaient plus apercevoir la pièce que comme un trou de ténèbres. Il dut tâtonner du pied pour trouver la première marche de l'escalier.

A l'étage inférieur on débouchait dans un univers carrelé de mosaïque, au milieu de l'odeur âcre et piquante des antiseptiques. Le grand scialytique, pour le moment éteint, surplombait la table d'intervention, œil mort aux facettes ternies par la poussière. Georges traversa la salle d'opération sans presser l'interrupteur et continua sa descente. Le rez-de-chaussée faisait office de garage et de salon d'attente. Une antique Rolls Silver Cloud attendait, occupant presque tout l'espace. Sur le capot et les portières, un pinceau malhabile avait tracé à l'aide d'une mauvaise peinture, qui a présent s'écaillait, de grandes croix rouges sur fond blanc. Dans le même esprit on avait vissé sur le toit un feu tournant jetant des éclats bleus. Georges, quelquefois, se rappelait le médecin qu'il était venu relever cinq ans plus tôt : un vieillard sec, à la tête d'oiseau de proie, mal embouché, et qui passait son temps à fixer les jambes de Lise que le soleil dessinait en transparence sous l'étoffe de la petite robe imprimée.

« Ce sont des sauvages, avait-il tout de suite déclaré. Ne vous en faites pas pour eux ! Mais attention : ne vous laissez pas bousculer sinon vous êtes foutu. Il faut leur en imposer, mon vieux ! Leur en imposer ! »

La Rolls-ambulance faisait partie de sa panoplie ostentatoire. Un peu plus tard, Georges avait appris que l'ancien médecin militaire s'en servait pour parcourir la réserve toutes sirènes hurlantes, lui-même vêtu comme pour une opération de sa toque, de son masque hygiénique lui dissimulant la moitié du visage, et les mains gainées de gants chirurgicaux rouges ou translucides selon les occasions. Durant des années il était sorti deux fois par jour, dévalant les rues à tombeau ouvert, roulant sur les trottoirs, pulvérisant les poubelles, dans les ululements de son klaxon et les éclats du phare clignotant.

« Ils n'ont pas besoin de nous, avait-il confié à Georges, ils se débrouillent entre eux. Alors il faut se faire un peu respecter, montrer que nous représentons le gouvernement... »

Et, se penchant vers Lise, il avait posé sa main sur le genou nu de la jeune femme assise, attardant sa paume à la naissance de la cuisse. « Vous comprenez ça, vous, ma petite dame ! »

Au moment de grimper dans le car Greyhound qui allait le ramener vers la capitale, il s'était retourné une dernière fois pour murmurer sur le ton qu'on réserve d'habitude aux secrets d'Etat : « Prenez soin de la Rolls, vous verrez, c'est peut-être ici votre meilleure alliée ! »

Le vieillard à peine disparu, Lise avait couru se jeter au volant de l'auto, jouant à faire gronder le moteur...

« Tu devrais gratter les cocardes, avait-elle lancé, visiblement excitée. On pourrait s'en servir en ville, après tout c'est un véhicule de fonction, non ? » Georges avait secoué négativement la tête.

« Non, pas question. Je ne veux pas reprendre les coutumes de mon prédécesseur. On croirait que je veux perpétuer ses cérémonies débiles ! »

Aussitôt Lise avait coupé le contact, et lâché, la mine déjà hostile :

« Pourquoi ? Il a eu le temps de juger l'endroit, non ?

— Pourquoi ? Parce que c'est un vieux dingue. Et un raciste. »

Lise avait haussé les épaules.

« Tu ne vas tout de même pas prétendre qu'*ils sont comme nous !* »

Il n'avait rien répondu, et la jeune femme s'était glissée hors de la voiture en claquant la portière plus fort qu'il n'était utile.

A quelque temps de là, fouillant dans la boîte à gants de la Rolls à la recherche d'une clef de huit, il y avait découvert une grenade offensive et un colt d'ordonnance au barillet chargé. Les deux objets étaient marqués respectivement sur le quadrillage et sur la crosse de l'emblème des services médicaux.

« Pas question d'habiter la tour ! avait rugi Lise le soir même de leur arrivée. Si tu veux t'installer ici je prendrai une chambre à l'hôtel... ou dans une pension de famille qui n'accepte pas les visiteurs, de préférence ! »

Finalement, il avait dû s'incliner et louer en plein centre-ville un bungalow encerclé par quelques mètres de gazon pelé, où l'on étouffait l'été et gelait l'hiver ; ce qui n'avait pas contribué à améliorer l'humeur de la jeune femme.

Georges se détourna de la Rolls aux pneus à présent à demi dégonflés. La pièce, plongée dans la pénombre, était envahie par une multitude de chaises et de banquettes, une foule de sièges dépareillés dont pas un seul ne regardait dans la même direction. On eût dit une salle de concerts abandonnée en toute hâte, et dans le plus grand désordre, par un public soudain terrifié par l'annonce d'une catastrophe planétaire. Il s'engagea entre les fauteuils, se frayant un chemin en les repoussant du genou, soulevant un nuage de poussière âcre qui fit tousser la jeune fille assise très droite sur son tabouret. Georges leva la main.

« Salut, Suna, ça va ? »

Elle pouvait avoir vingt ans. Peut-être moins, peut-être beaucoup plus.

« En fait, pensait souvent Georges, elle a entre huit et soixante-dix ans, c'est tout ce que je peux dire. C'est peut-être une fillette, c'est peut-être une vieille femme... »

Les indigènes de la réserve atteignaient très vite la taille adulte et, tout enfants, affichaient déjà la morphologie d'une personne d'une vingtaine d'années. Toutefois, ce stade une fois atteint, ils s'y maintenaient en apparence jusqu'à l'aube de leurs soixante-dix ans. Cette limite dépassée, on les voyait vieillir brutalement, récupérant en l'espace d'une semaine les marques physiques d'une vie entière et il était plusieurs fois arrivé à Georges, quittant une adolescente le samedi, de la retrouver sous les traits d'une vieille femme le lundi suivant. Comme aucun membre de l'étrange communauté ne conservait la sensation psychologique de l'écoulement du temps, personne ne s'avérait capable de déterminer avec précision son âge réel, et Georges se trouvait condamné à s'adresser à des êtres dont il ne savait s'ils auraient pu être ses enfants où ses grands-parents, hésitant perpétuellement sur le ton qu'il convenait d'adopter pour s'adresser à eux, passant sans transition de la discussion de copains aux formules compassées et respectueuses qu'on réserve d'ordinaire aux anciens.

Comme tous ses congénères, Suna était affligée de déformations crâniennes obtenues durant les trois premières années de la vie au moyen d'un bandage serré et permanent. Sa tête, rasée comme l'exigeait la coutume, présentait une forme ogivale assez surprenante. « Dolichocéphale », précisaient les brochures. Georges savait que, pour obtenir de tels résultats, les mères avaient l'habitude d'enserrer le front de leurs enfants dans une couronne de bois ayant pour fonction d'orienter le développement des os dans le sens de la hauteur. Ces compressions rituelles entraînaient généralement de fâcheuses conséquences sur l'expansion des zones cérébrales, occasionnant adhérences, tumeurs ou modifications des processus mentaux. « C'est un bon sujet de thèse, avait observé Lise, pour une fois on dirait que tu as mis dans le mille... »

Georges s'agenouilla aux pieds de Suna. Elle avait un visage agréable à la peau mate, des traits jeunes mais asexués d'adolescente montée en graine. Il savait que sous la couverture qui l'enveloppait, son corps nu s'ornait de cicatrices rituelles, véritables hiéroglyphes creusés à même la chair, étrange écriture composée de plaies et de boursouflures que jamais personne jusqu'à présent n'avait réussi à déchiffrer. « Scarifications d'origine probablement religieuse », avançaient les manuels d'ethnologie. Georges n'en était pas si sûr. « Je crois que ma théorie tient debout, avait-il expliqué plus d'une fois à sa femme. Ces signes, ces lignes d'écriture sont des biographies personnelles que chacun exhibe aux yeux des autres. C'est le seul moyen dont ils disposent entre huit et soixante-dix ans pour se situer par rapport à ceux qui les entourent. Ainsi, lorsqu'ils rencontrent quelqu'un, celui-ci peut-il savoir d'un simple coup d'œil l'âge de la personne à qui il s'adresse, ses goûts, ses aspirations, sa vie. Leurs corps fonctionnent comme une sorte de carte de visite ambulante ! »

Lise n'avait pas été conquise par cette conclusion mais Georges gardait la certitude d'être sur la bonne voie. Suna, comme les autres, avait inscrit sur ses muscles, à l'aide d'aiguilles d'os et d'encres végétales, l'histoire de sa vie. Quelques chapitres de balafres courant entre ses seins, son ventre et ses cuisses. Une biographie taillée à même la peau et que plus rien ne pouvait à présent retoucher, modifier, embellir ou censurer. Georges était persuadé que d'horribles pénitences garantissaient la franchise et l'intégralité des révélations. Il n'était pas question de tricher, et chacun se voyait dans l'obligation d'avouer ses fautes, ses erreurs ou ses craintes à la communauté. « Il s'agit d'une confession permanente, d'un désir de se livrer dans sa transparence et sa vérité à autrui », avait-il écrit dans l'un des chapitres de sa thèse. Hélas, tant qu'il n'aurait pas décrypté ces idéogrammes boursouflés, ces déchirures mal cicatrisées, il ne pourrait avancer plus loin dans son travail. Il avait remarqué que certains membres de la tribu couverts d'hiéroglyphes de la tête aux pieds sur la partie face de leur corps devaient faire appel aux services d'un écrivain public pour graver leur dos et leurs reins. Peut-être Georges aurait-il dû quêter une aide de ces scribes chirurgicaux, mais il n'y croyait guère en vérité.

« Tout va bien ? » répéta-t-il sans espoir de réponse car les habitants de la réserve observaient une sorte de mutisme religieux qui les vouait au silence perpétuel comme d'autres à la chasteté. Peut-être un quelconque tabou assimilait-il dans leur esprit la parole prononcée en public à une obscénité ? Nul n'aurait pu le dire. Le fait est que les déformations rituelles endurées pendant toute la période de la petite enfance avaient entraîné des bouleversements physiologiques importants au niveau de l'encéphale. Les compressions osseuses avaient fini par provoquer chez la plupart d'entre eux des modifications du cortex, atrophiant certaines circonvolutions cérébrales, en développant d'autres au contraire au-delà des limites normales. Georges avait d'ailleurs noté un nombre élevé de méningites mortelles chez les enfants en bas âge. Ceux qui survivaient se révélaient le plus souvent dotés de fonctionnement mentaux particulièrement fantaisistes. Ainsi Suna n'était-elle capable de se déplacer qu'à reculons. La contraindre à faire un pas en avant, c'était la plonger aussitôt dans une profonde syncope, et Georges était certain qu'une telle expérience renouvelée à plusieurs reprises eût débouché sur un coma mortel. Suna s'accommodait d'ailleurs très bien de son « infirmité », et on pouvait la voir déambuler à travers la ville, toujours en marche arrière, repérant son chemin à l'aide d'un petit miroir qu'elle tenait levé à la hauteur de son épaule. Georges s'était livré à quelques tests sur elle, et il avait pu constater à sa grande surprise que la jeune fille ne supportait la vision d'un film ou l'audition d'un disque qu'à la condition expresse que ceux-ci fussent passés À L'ENVERS, mais il s'était voué incapable de tirer de tout cela une conclusion utilisable.

« On ne fera pas de tests aujourd'hui, murmura-t-il, je suis fatigué, Suna. Et puis je me suis blessé, tu vois ? C'est gentil d'avoir attendu. Tu veux quelque chose ? »

Déjà elle s'était redressée, levant son petit miroir à la hauteur de ses yeux, y ajustant comme dans un collimateur la porte d'entrée qui se trouvait dans son dos. Georges la vit s'éloigner ainsi, lui faisant toujours face, se déplaçant en marche arrière avec une remarquable vélocité.

« Attends ! lança-t-il, je sors avec toi. »

Il n'avait pas envie de rester seul dans la tour. Il agrippa sa veste au passage et suivit la jeune fille sur le trottoir brûlant de soleil. Ils se mirent en marche, lui en avant, elle en arrière, mais toujours côte à côte.

Une terre rouge volait dans le vent, arrachée aux rocs friables des carrières entourant la réserve. La plupart des maisons étaient des bungalows à toits de tôle ondulée où régnait le plus souvent une chaleur atroce, aussi les compagnons de Suna restaient-ils fidèles dans l'ensemble au système des tentes collectives, allant jusqu'à dresser de véritables chapiteaux de toile blanche à l'abri desquels ils fuyaient les ardeurs du soleil.

Très rapidement Georges sentit la poussière de brique lui emplir la bouche. Il avait soif, il le dit à sa compagne et l'abandonna dans sa course à rebours pour entrer dans un petit bâtiment blanchi à la chaux qui faisait office de buvette.

La salle était vide, au plafond tournait un ventilateur gros comme un moteur de bombardier et dont chaque pale avait été peinte d'une couleur différente. Lorsque l'appareil tournait à plein régime, le bleu, le rouge, le jaune se fondaient en une seule et unique spirale blanche.

Par l'ouverture des fenêtres sans vitre, on apercevait la ville en contrebas, avec ses bâtiments gris et sa nappe de pollution qui dessinait un halo bleuté et vibrant dans la chaleur du jour. Plus loin c'était la mer, brillante comme une lame sous le soleil. Il détourna la tête, s'efforçant de penser à autre chose, de censurer son malaise naissant. Une grosse femme au crâne allongé venait d'apparaître derrière le comptoir. C'était l'une des rares indigènes à avoir opté pour un mode de vie « civilisé ». Elle s'habillait toujours de djellabas de couleur vive, dissimulant les scarifications recouvrant son corps, de plus elle ne respectait pas le tabou du silence observé par ses congénères. Toutes ces entorses, et quelques autres encore, lui avaient valu d'être mise au ban de la petite communauté. Elle vivotait grâce aux touristes que les agences déversaient chaque jour par cars entiers sur la réserve, appareil photo en batterie.

« Un jour, avait déclaré Georges à sa femme, il faudra interdire ces manifestations de curiosité obscène. Ce ne sont pas des bêtes, et le camp n'est pas un zoo ! »

En attendant, Julia (comme elle avait choisi de s'appeler) vendait des souvenirs de terre cuite et débitait une mauvaise piquette de coupage, baptisée pour la circonstance « vin du pays ».

« Salut, lâcha Georges, donne-moi n'importe quoi de frais. Même de l'eau. »

La femme le regarda pendant que ses mains s'affairaient à la recherche d'un verre.

« Il est beau, fit-elle sur le ton qu'elle aurait employé pour parler du temps ou lancer une quelconque amabilité commerciale, il est jeune surtout. J'aimerais bien le coucher sur moi… »

Georges, bien qu'habitué au phénomène, ne put s'empêcher de rougir. Il savait pourtant qu'au moment même où Julia avouait son désir physique à haute voix elle pensait : « Bonjour, docteur, fait sacrément chaud, pas vrai ? » Par une de ces bizarreries dont le bourg était prodigue, la grosse femme se trouvait victime d'une étrange inversion qui la condamnait à penser ce qu'elle aurait dû normalement déclarer à haute voix, et à exposer au public ce qu'elle aurait dû conserver dans le secret de son intimité mentale.

Georges fit un effort considérable pour ne pas laisser paraître sa gêne, il était à peu près sûr que Julia ne se rendait pas compte de son infirmité. Au moment où elle poussait un verre devant lui, elle dit d'une voix claire : « Je me demande combien de fois il serait capable de me faire l'amour, il a l'air en mauvaise santé. » Et au même instant elle songeait : « Excusez-moi, je n'ai plus de glaçons, le réfrigérateur est en panne. Je ne sais pas quand je pourrai trouver un réparateur qui accepte de monter ici avec cette chaleur. »

Pour se donner une contenance, Georges porta le gobelet ébréché à ses lèvres, avalant deux gorgées d'un soda tiède et sirupeux. Julia avait entrepris de nettoyer le zinc du comptoir à grands coups d'éponge, et il se sentit hypnotisé par le seau de tôle grossièrement riveté qui laissait fuir sur le dallage une eau fraîche, tirée quelques minutes auparavant des profondeurs de la terre par la pompe à bras installée dans le jardin. Il savait qu'en ville il aurait beaucoup moins souffert de la chaleur grâce à l'influence adoucissante de la mer, mais il ne pouvait se résoudre à marcher jusqu'à l'arrêt du bus. Pendant tout le parcours il aurait eu sous les yeux le moutonnement de la forêt en contrebas, la découpure accidentée de la côte, la ville... Il serra les dents sur le verre de mauvaise orangeade. L'éponge, lancée d'une main habile, vint chuter au centre du seau dans un jaillissement d'éclaboussures, Julia s'était campée devant la fenêtre. Elle se tourna vers lui et lança sur le ton faussement enjoué en usage chez les commerçants : « Il n'est pas très causant. Je me demande ce qu'il fricote avec la petite Suna dans la tour. Doivent pas s'embêter. Foutue garce. »

Georges sourit, à tout hasard, elle avait dû penser quelque chose comme : « S'il continue à faire aussi chaud, les touristes n'auront même pas le courage de descendre de leurs cars à air conditionné. Si c'est pas un malheur ! »

Avec le temps — cinq ans déjà — il s'était progressivement habitué au monde imprévisible de la réserve avec ses aberrations, ses coutumes et ses mystères. Chaque jour le confrontait à un nouveau problème, une nouvelle surprise. C'était un travail sans routine. Un travail ?

« A quoi sers-tu ? lui avait fait souvent remarquer Lise. Ils ne te demandent aucun soin. La plupart t'ignorent, tu n'as aucun échange culturel. En fait, tu es une sorte de concierge hyperdiplômé qui rédige sa thèse dans sa loge entre deux rondes de surveillance... »

Pourquoi le ministère des Arts et de la Culture l'avait-il choisi, lui ? Son dossier n'était pas particulièrement performant. Santé délicate, exemption de service armé. Des études universitaires brillantes, soit, mais peu suivies d'effets. Pas d'engagement ou presque, des emplois de seconde zone ; bibliothécaire à mi-temps, prof remplaçant dans quelques cours privés...

« Ce sera l'occasion d'une étude ethnologique, avait

expliqué le fonctionnaire qui l'avait reçu dans un bureau sans lumière perdu au deuxième sous-sol d'un bâtiment administratif. Lorsque la République a procédé à la réouverture des territoires décontaminés, ces paysans occupaient tout le littoral. Le nouvel essor de l'urbanisation a contraint les autorités locales à les déplacer, à les installer... comment dire ?... dans une "réserve" destinée à devenir par la suite un parc touristique. Mais là n'est pas l'important. Ce groupe constitue un exemple vivant des folklores très particuliers qui se sont développés à l'intérieur des zones évacuées pendant... Bref, il y a là matière à une étude très poussée sur les conditions... »

Et on l'avait expédié nanti d'une bourse-salaire dans cette partie des territoires expérimentaux tout récemment ouverte au repeuplement. Lise avait raison, il n'était qu'un concierge rédigeant une thèse que personne ne lirait jamais, et le ministère était passé maître dans l'art de maquiller un emploi de troisième zone en mission culturelle. En fait, la majeure partie de son travail consistait à réceptionner les vivres acheminés par des camions de l'armée deux fois par semaine et à veiller à leur répartition. Il signait des bordereaux, planifiait les besoins en nourriture, étoffes, objets usuels, en fonction des naissances et des décès. « Un boulot d'intendance, crachait souvent Lise avec mépris. D'intendant ou de magasinier ! »

Un crissement de roues sur le gravier le tira de ses pensées. Les premiers cars arrivaient, les flancs bariolés des emblèmes des différentes agences de voyages qui sévissaient en ville. Il préférait ne pas se trouver mêlé à la foule des citadins en short et chapeau de paille qui, dans un instant, arpenterait les trottoirs, 24 × 36 rivé à l'œil, glapissant d'excitation... « Et celle-là ! Tu as vu celle-là qui marche à l'envers... Oh ! Regarde ! » Parfois on le prenait pour un guide, on le harcelait de questions, lui glissant des pourboires dans la poche, et il devait faire un terrible effort sur lui-même pour ne pas s'enfuir à toutes jambes. Mais peut-être était-ce bien ce que le ministère avait voulu faire de lui sans l'avouer ? Un guide ! Il vida son verre en deux déglutitions pressées, paya et sortit après un vague geste de la main. Julia ne le remarqua pas, elle était occupée à mettre un disque de musique folklorique sur le petit électrophone caché derrière le bar. Dehors la chaleur lui tomba sur les épaules comme un félin plongeant du haut des nuages.

« J'aurais dû prendre un chapeau... »

Il décida d'entamer sa tournée d'inspection quotidienne en commençant par les endroits délabrés dans lesquels ne se hasardaient jamais les touristes. Le supermarché d'abord, une construction éventrée surplombée d'un panonceau métallique blanchi par les déjections des oiseaux de mer où l'on pouvait encore déchiffrer l'inscription : « ... pulvérise les prix ». Il s'engagea entre les haies de chariots métalliques roulants, fuyant le soleil à l'abri des longues allées de rayonnages encore chargés de boîtes de pansement, de flacons de désinfectant. Une pancarte jaunie annonçait : « 30 % de rabais sur les sondes urinaires ! Une affaire ! » Dans la pénombre il devinait les présentoirs tournants, autour desquels s'étaient autrefois pressées les ménagères, et qui brandissaient encore comme de curieux arbres de Noël leurs paquets cellophanés de sondes nasales, gastriques, leurs pelotes de fil à suture « modèle géant familial ». Il s'engagea entre les rayons, attentif aux reflets des instruments chirurgicaux entassés comme des couteaux de cuisine : écarteurs, scalpels, pinces de toutes sortes, rugines, scies chromées. Dans la partie « vêtements » on trouvait des blouses blanches, des masques hygiéniques, des gants de chirurgie, blancs, rouges ou incolores, des trousses d'intervention.

La section « meubles », en revanche, offrait toute une gamme de lits d'hôpitaux, de civières roulantes ou d'appareils de radiographie. « Meublez-vous ! clamait une affiche, avec le crédit gratuit, tout est permis ! » Il s'arrêta entre deux pyramides de flacons (sang et sérum) érigées sur le dallage du magasin, et qui montaient presque jusqu'au plafond. Quelle étrange civilisation avait donc peuplé ces lieux, faisant de la chirurgie une occupation familiale à l'usage des maîtresses de maison ?

Il savait qu'au nord de la réserve, à l'orée du bois de pins, s'étendaient encore les restes d'un camping « trois étoiles » dont chaque tente avait été aménagée en bloc opératoire mobile. Dans les toilettes on pouvait lire l'inscription suivante répétée sur la mosaïque des murs : « Il est interdit de jeter des pansements, des compresses ou de quelconques débris opératoires dans les W.-C. ! La direction du camping vous remercie. » « Ces lieux ne doivent pas être ouverts au public, lui avait-on spécifié au ministère. Plus tard, bien plus tard, il est possible qu'on décide de les classer comme monuments historiques, aussi veillerez-vous à la bonne conservation de cette partie du patrimoine national. » Il aurait dû poser des scellés, des chaînes, des cadenas, il ne l'avait pas fait, c'était sa manière de contester l'autorité en place. D'ailleurs personne ne se risquait jamais à franchir le seuil des anciens édifices, si ce n'était les « indigènes ».

« Cesse de les appeler "indigènes", avait coutume de crier Lise, on dirait que tu parles d'une tribu exotique, ce sont des paysans, dis-toi bien ça ! Et des paysans tarés par des générations de copulations consanguines ! »

Georges s'arrêta, alerté par un crissement strident et régulier qui montait dans son dos. Il se retourna. Le vieillard était là, sanglé dans le fauteuil roulant qu'il propulsait de ses bras ridés et déformés par les rhumatismes, se déplaçant à travers le magasin au milieu du gémissement des roues malmenées. « Salut », dit Georges. Le vieux répondit d'un signe de la main, et, à cette occasion, Georges put apercevoir la paume irritée, à vif, les doigts auxquels perlait comme une rosée de sang. Depuis combien d'heures l'homme maniait-il ainsi son fauteuil, usant sa peau par le frottement continuel du caoutchouc durci gainant les roues ? Il ne sentait rien, Georges le savait, son corps souffrait d'une anomalie courante à l'intérieur du village et qu'on pouvait répertorier sous la rubrique « sensorialité sélective ». Ainsi sa chair ne pouvait-elle percevoir que certains contacts, et son sens du toucher ne s'éveillait-il qu'en présence d'une certaine matière bien précise : la craie. Georges l'avait vu errer des journées entières au milieu des anciennes carrières, les bras tendus, les mains ouvertes, avides, palpant les blocs immaculés et poudreux qui l'entouraient. A ces moments, et à ces moments seulement, il sentait. Il sentait la découpe des arêtes, les angles des pierres, le contact pulvérulent des roches. Il allait, dans la ronde infernale et le crissement perpétuel de son fauteuil roulant, dans la poussière de craie qu'il soulevait sur son passage, fantôme grisâtre ivre de goûter pour quelques heures la texture des pierres, d'étreindre enfin des formes, de sortir du monde immatériel où il passait le reste de sa vie. S'il avait pu, il se serait taillé une tanière, là, au flanc de la falaise crayeuse, une pièce avec des meubles arrachés à la craie par le burin, un fauteuil de craie, une table de craie, des ustensiles de craie qu'il aurait longuement retournés entre ses doigts. Il n'était pas le seul dans son cas. Georges avait connu une femme qui, elle, ne pouvait voir que les objets en bois. Ses pupilles sélectionnaient la réalité, rejetant, censurant tout ce qui n'était pas issu du chêne, de l'orme, du bouleau... et son univers visuel se résumait à une sorte de vide incolore où flottaient, comme en suspension, la ligne d'un tronc d'arbre, une barrière, un manche à balai, une caisse, une pince à cornichons... Tout le reste, tout ce qui appartenait à la chair, au tissu, à la pierre, au métal, au verre, était à ses yeux totalement invisible... Elle se terrait au cœur de la forêt bordant le camp, dans une petite baraque abandonnée — peut-être une buvette. Les arbres qui l'entouraient lui permettaient de vivre enfin dans un univers perceptible, palpable... Georges allait parfois la voir. Son étrange cécité avait développé son ouïe et, alors qu'il n'était encore qu'à une cinquantaine de mètres, elle sortait sur le seuil, scrutant les troncs entre lesquels ne lui apparaissait qu'un néant gris, uniforme, et elle appelait : « Il y a quelqu'un ? Je vous entends. Je vous entends... » Georges se faisait alors reconnaître : « C'est moi, Jeanne. Le docteur. »

Elle semblait soulagée, touchait son crâne piriforme en signe de bienvenue et se reculait. Si son infirmité l'avait contrainte à transgresser le tabou du silence, elle ne se laissait pas aller pour autant à des confidences inconsidérées et jamais Georges n'avait pu obtenir d'elle autre chose qu'une conversation polie ou quelques états d'âme à travers lesquels il était bien difficile d'entrevoir un élément d'information véritable.

Généralement elle allait s'asseoir à l'autre bout de la

table, les mains ouvertes, paumes en l'air. A l'intérieur de la cabane tout était de bois brut : les tables, les chaises, les plats, les assiettes, fourchettes, couteaux.

« Mettez le masque ! commandait-elle, je ne veux pas avoir l'impression de parler à un fantôme ou de radoter toute seule comme une vieille folle ! » Docile, Georges décrochait le masque de hêtre pendu à un clou au centre de la porte d'entrée et le posait sur son visage. C'était un triangle de bois sculpté à la manière paysanne où s'ouvraient des fentes pour les yeux et la bouche. « Vous comprenez, disait souvent Jeanne, je vois cette pièce avec tout ce qu'elle contient, mais je ne vous aperçois pas VOUS, avec votre chair, vos vêtements d'étoffe. Quand vous parlez, c'est comme si une voix tombait du ciel dans ma cuisine. Je n'aime pas ça. Si j'étais totalement aveugle je ne verrais rien, et alors votre voix serait comme le reste, mais là... J'ai l'impression de parler aux esprits. » Parfois elle exigeait même qu'il revêtît une tunique cousue de copeaux dorés et de fines plaques d'écorce. « Comme ça vous avez des bras, des jambes, disait-elle, vous n'êtes pas seulement un masque qui flotte à un mètre soixante du sol ! » Georges riait.

« Mais, Jeanne, je devrais vous terroriser encore plus ! Regardez, on dirait une divinité sylvestre. Le seigneur des arbres ou le génie des buissons, je ne sais pas ce qui conviendrait le mieux... » Elle riait aussi. A d'autres moments elle se laissait aller à égrener quelques confidences. « Je ne peux pas sortir de la forêt, disait-elle, passé le dernier rideau d'arbres c'est comme si je traversais une frontière. La frontière du vide. Au-delà il n'y a rien. Rien qu'une sorte de trou gris. Une sorte de ciel sans nuages où flotte parfois un objet : une pancarte, une clôture. Je ne peux pas aller plus loin, j'aurais l'impression de me jeter dans le vide, de me suicider ! »

Jeanne était morte quelques mois plus tôt dans l'incendie de sa cabane. Son monde de bois s'était refermé sur elle comme un tombeau, mais il y avait de nombreux autres cas de sélection sensorielle. Telle cette fille (cette femme ?) dont l'oreille ne percevait que certains sons et qu'une seule note musicale : le *si*. Elle vivait au premier étage d'une pension de famille aujourd'hui déserte, dans une grande pièce nue au centre de laquelle trônait un immense piano de concert, un de ces monstres destinés à la scène et qui se révèlent dans le halo d'un projecteur, majestueux, brillants de tout leur vernis. Georges l'avait appelée Michèle. Comme ça, sans trop savoir pourquoi. Un temps, avant que la carrière de craie ne soit définitivement fermée à l'exploitation, il avait essayé de la convaincre de déménager. Elle n'avait pas compris, les explosions incessantes ne la dérangeaient pas : elle ne les avait jamais entendues ! Et Georges aurait pu hurler, tirer des coups de revolver dans l'appartement, faire exploser des pétards à ses oreilles, elle aurait conservé le même air tranquille de prêtresse asiate que venait renforcer le dôme prodigieusement allongé de son crâne rasé. Pour lui parler, pour se faire entendre, le seul et unique moyen consistait à chanter les paroles qu'on prononçait sur un *si* permanent. Dès qu'une fausse note se produisait, le mot chanté en *la* ou en *do* disparaissait tout bonnement de la conversation et Michèle ne percevait qu'un blanc là où il aurait dû normalement y avoir une parole. Tout ce qui s'éloignait de cette unique note de la gamme s'évaporait pour elle dans le néant, se résumait à une bulle de silence. Chanteur exécrable, Georges avait toujours été incapable de distinguer une note d'une autre, aussi avait-il imaginé un moyen aussi simple qu'ingénieux pour communiquer avec la jeune fille (la femme ? la vieille femme ?). Il se mettait au piano et tapait sur la touche du *si* comme un manipulateur morse. Un code facile à assimiler de répétitions et d'intervalles plus ou moins longs lui permettait ainsi de s'enquérir des besoins de Michèle, et d'entretenir un succédané de conversation où elle manifestait son intérêt, sa réprobation à l'aide d'un sourire ou d'un vague hochement de tête. Georges aimait ce moyen de communication indirect, mécanique, et pendant qu'il transmettait à l'aide de sa touche des messages tels que : « Avez-vous besoin de médicaments ? Souffrez-vous des fièvres d'arrière-saison ? Vous sentez-vous fatiguée ? Voulez-vous des vitamines ? » Il disait d'une voix ferme et assurée que la jeune femme ne pouvait pas entendre : « Vous êtes belle,

Michèle. Vous avez de jolis seins, et ces réseaux de cicatrices mettent bien en valeur leurs aréoles. Dites-moi, Michèle, êtes-vous vierge ? Oui ? Non ? » Ensuite, lorsqu'il quittait la pension de famille, il avait honte de se laisser aller à de tels égarements. Il se traitait alors d'hypocrite, de « trouillard », de « faux cul », mais la fois suivante il recommençait. Il imaginait très bien ce qu'aurait pu dire Lise si elle l'avait surpris à de telles extravagances : « Tu sais, il y a aussi les maniaques du téléphone qui débitent des obscénités aux femmes qu'ils n'oseraient jamais aborder dans la vie de tous les jours. Ça se soigne ! »

Georges se secoua. Il lui restait encore un long trajet à parcourir. Il traversa le supermarché en diagonale en direction d'une porte rouge où brillait encore la plaque « service interdit au public ». Poussant le battant il déboucha dans un réduit sans fenêtre qui avait dû jadis servir de bureau à un quelconque chef de rayon. L'espace au plancher ne devait pas excéder cinq mètres carrés. C'était presque un placard. Un cauchemar de claustrophobe. Un gosse se tenait contre le mur de droite, assis en tailleur, enfournant des boîtes de conserve dans un sac à dos. Son crâne, entouré de la gangue des bandelettes déformantes, lui donnait l'aspect d'un blessé échappé de la salle des urgences. Georges s'agenouilla. « Qu'est-ce que tu fais là ? »

L'enfant ne daigna pas relever la tête. « Je pars, se contenta-t-il de marmonner, je dois partir... » Beaucoup trop jeune pour respecter le tabou du silence, on sentait pourtant chez lui une réticence envers la parole. « Où vas-tu avec tous ces vivres ? s'étonna Georges. Tu pars pour longtemps ? » Un moment il eut peur que le petit n'ait décidé de se lancer dans une expédition vers la ville ou la mer qui l'amènerait immanquablement à franchir les limites de la réserve. « Oui, lâcha le gamin, je crois qu'il faudra marcher une semaine. Je vais chercher mon jouet. Il est tombé, il a roulé... » Un déclic se fit dans la tête de Georges. « Où a-t-il roulé, ton jouet ? interrogea-t-il.

— Là-bas, lança son interlocuteur en tendant le doigt, tout là-bas ! »

Georges tourna la tête. Au pied du mur qui leur faisait face, et que désignait l'ongle rongé, tout contre la plinthe, il distingua une bille de verre, une agate. Le garçon n'en était séparé que par une longueur de deux mètres cinquante, mais victime d'une aberration spatiale faussant son appréciation des distances, il percevait ce trajet dérisoire sous l'angle d'une expédition de longue haleine, d'une marche épuisante à travers un désert de linoléum. Peut-être même dans son esprit avait-il déjà prévu un certain nombre d'étapes, de bivouacs pour atteindre cette ville qui reposait là, en fait, à portée de son bras d'infirmité. Pour parcourir un couloir d'une dizaine de mètres, le malade se chargeait de paquets de vivres, d'une tente de camping, de fusées de sauvetage et parfois même d'un poste émetteur. Tout trajet excédant quinze mètres prenait des allures de tour du monde et au-delà de vingt commençait le cosmos. Il n'y avait rien à faire si l'on voulait éviter le traumatisme. Poser la bille dans la paume de l'enfant aurait abouti à bouleverser toute sa perception du monde, peut-être même à faire de lui un autiste. Il allait continuer à grandir et, dans quelques années, il prendrait son vélo pour aller de son lit à la salle de bains. Une fois adulte, il se cantonnerait dans une quasi-immobilité, vivant dans un trou ou dans une caisse lui dissimulant l'espace, avec quelques objets usuels à portée de la main. Il aurait fallu… Mais en fait Georges ne savait pas ce qu'il aurait fallu faire et personne autour de lui n'en avait la plus petite idée. Il se redressa. « Bon voyage ! lança-t-il.

— Ouais, murmura le gosse, ça va être long, mais j'y arriverai. »

Georges sortit du supermarché. Une explosion de chaleur le cueillit de plein fouet, telles l'haleine d'un brasier ou la vague brûlante d'une explosion. Nullement gênés par la fournaise, les touristes déambulaient, bouteille de soda au poing, caméra en bandoulière. Brusquement il se sentit très las. Il eut envie d'un bain, d'une douche, d'une sieste de trois heures enveloppé nu dans un drap frais, une poche de glaçons sur la tête. Jadis, avec Lise, lors des grandes chaleurs d'août, il leur arrivait de s'endormir à deux dans la baignoire emplie d'eau froide. Georges se souvenait avec une certaine émotion de ces abandons liquides, des clapotis nés de l'amorce d'un geste. « Je régresse », se plaisait-il à murmurer. Lise renversait la tête en arrière, posait une serviette mouillée sur ses yeux…

A présent Lise n'était plus là, mais restait la baignoire, et Georges serait bien heureux de s'y abandonner après le trajet d'une heure dans l'étuve du car non climatisé reliant la réserve à la ville. Parfois il éprouvait une joie secrète à transpirer, à laisser sa peau s'imbiber de poussière et de crasse pendant plusieurs jours. C'était une sorte de phase préparatoire à la cérémonie du bain, de la purification. Il attendait, différant son plaisir, et lorsque enfin sa propre odeur lui devenait insupportable, lorsque ses aisselles, les plis de ses aines commençaient à le démanger et à le brûler sous l'effet de l'irritation née de la sueur, il se jetait sous la douche une heure durant, offrant son corps et sa bouche ouverte au jet cinglant. Il se lavait de lui-même, de la réserve, de tout…

Il lui fallait bouger pour fuir l'insolation. Il claudiqua jusqu'à l'arrêt où attendait le bus, épave de tôle boulonnée sans mention de destination. La compagnie de transport, redoutant on ne sait quelles agressions de la part des « indigènes », avait fait poser sur chaque fenêtre et sur le pare-brise des panneaux grillagés qui donnaient au véhicule l'allure d'un car de police un jour d'émeute. Georges savait que le chauffeur détestait cet endroit, cet arrêt-terminus, et qu'il conservait dans sa poche un vieux pistolet de petit calibre…

Il monta, répondit au salut du conducteur et alla s'écrouler sur l'un des sièges. Le trajet serait long jusqu'à la ville. Un siècle, peut-être plus… Malgré la chaleur il frissonna. La moiteur de l'autobus, son délabrement, tout lui rappelait son voyage de noces avec Lise à la frontière du Mexique. Ils s'étaient laissé convaincre par le guide d'acheter des tickets pour une excursion stupide : la visite du dernier marché aux esclaves encore légalement autorisé à travers tout le pays…

Lise en trépignait d'impatience, elle l'avait traîné de ruelle en ruelle à la recherche de pellicules couleur au format impossible, le rudoyant parce qu'il n'avançait pas assez vite et que la chaleur lui posait des problèmes respiratoires. Pour terminer ils s'étaient querellés lorsque l'autocar avait failli partir sans eux...

Après un trajet infernal dans le soleil et la poussière, ils avaient fini par arriver en vue d'une bourgade érigée à la surface d'un grand rocher plat qui l'isolait du sol. C'était un hameau pauvre et puant auquel on accédait par des escaliers taillés à même la roche. Au début Georges avait pensé à une mystification pour touristes, un de ces attrape-nigauds dont la région regorgeait, ajoutant les fausses réserves indiennes aux pseudo-sanctuaires incas sans le moindre complexe. A présent ses certitudes vacillaient, les formules ironiques qu'il avait préparées un instant plus tôt lui restaient dans la gorge. Il avançait, poussé au creux des reins par la meute avide de ses compagnons de voyage, cramponné au bras de Lise tel un aveugle ou un malade trop longtemps alité. La jeune femme, elle, ne paraissait nullement incommodée et ses yeux virevoltaient de droite à gauche comme en proie à une véritable boulimie optique.

« Nous n'aurions pas dû venir, murmura-t-il, je n'aime pas cet endroit, on dirait VRAIMENT un marché d'esclaves ! »

Quelque itinéraire qu'on empruntât, les ruelles serpentant entre les masures creusées dans le roc vous ramenaient immanquablement vers la grand-place et ses enclos humains où piétinait une foule compacte d'hommes et de femmes à l'allure fébrile. Georges fut frappé par l'absence totale d'abattement et l'énergie bouillonnante qui montait des prisonniers : le moindre de leurs gestes trahissait la hâte d'être vendu, le désir du travail. Certains d'entre eux, frappant en cadence dans leurs mains, réclamaient le début des enchères.

« Drôles d'esclaves ! constata Lise, on dirait qu'ils sont contents de ce qui leur arrive !

— Ce ne sont pas des esclaves, fit la voix d'un militaire dans leur dos, on les appelle les "obéissants" ou les "dévoués". Chacun d'eux souffre d'une maladie inoculée par la piqûre d'une mouche coloniale. Le microbe qui s'attaque directement aux centres du cerveau provoque un affaiblissement progressif du libre arbitre et une sorte de délire d'obéissance qui peut atteindre des limites extrêmes.

Ils sont tous incurables, mais il convient de les acheter lorsque la maladie n'en est qu'à un stade encore mineur, ensuite leur maniement devient trop délicat, voire dangereux. Si vous voulez, je peux vous conseiller, j'ai moi-même souvent utilisé leurs services par le passé... »

Lise frissonna et Georges l'entendit qui répétait : « ... des malades, des malades ». Le militaire, sentant son auditoire accroché, se lança immédiatement dans un flot d'anecdotes. Il raconta comment les dévoués se punissaient eux-mêmes de leurs fautes ménagères, devenant du même coup leur propre tyran, leur propre garde-chiourme. « J'en ai eu un qui se flagellait tout seul dans ma cuisine lorsqu'il lui arrivait de casser un plat, si, si, je vous l'assure. Mais il faut tout de même s'en méfier. Quand la maladie leur a totalement rongé le cerveau, ils ne peuvent plus s'arrêter ! C'est un véritable mécanisme, une fois l'ordre lancé, ils n'auront de cesse avant de l'avoir exécuté dans sa totalité. L'un de mes amis a commandé un jour à l'une de ces créatures "Apporte-moi un million de pesetas ! Vite j'attends !", c'était une boutade bien sûr mais l'esclave ne l'a pas entendu de cette oreille. Il a tout bonnement disparu, du jour au lendemain, et mon ami ne l'a retrouvé que six mois plus tard. Tenez-vous bien ! L'homme s'était improvisé voleur de grand chemin et détroussait les voyageurs chaque nuit pour constituer le pécule exigé par son maître ! Plaisant, n'est-ce pas ? »

Lise trouva l'histoire drôle, elle repoussa Georges qui la pressait de rentrer et reprit sa place aux côtés de l'officier.

« Je n'exagère en rien, reprit aussitôt ce dernier, ces êtres sont comme des melons, il faut savoir les choisir à point, ni trop mûrs ni trop verts. Durs sous la dent, ils se rebellent comme n'importe quels valets, fondants, ils risquent de vous entraîner dans des histoires invraisemblables. J'ai connu un chef de chantier qui devait chaque soir entraîner ses ouvriers pour les empêcher de se relever dans la nuit pour reprendre leur travail ! Véridique ! Je n'invente rien. Ils n'arrêtaient jamais, refusaient de prendre le temps de se nourrir, de se reposer, rien ne comptait plus pour eux que la tâche à accomplir, la besogne à achever. On les fouettait pour leur faire cesser le labeur, on les capturait au lasso pour les alimenter par piqûres, et on les anesthésiait chaque soir pour les contraindre à dormir !

— C'est complètement fou ! hoqueta Lise, secouée par le rire.

— Encore plus que vous ne le pensez ! Au chantier de Gaan-thaar, là où l'on construisait l'aqueduc, il y a eu un jour une révolte d'esclaves. Mais pas n'importe quelle révolte, non ! Une nuit les dévoués se sont libérés de leurs chaînes, ils ont forcé les portes de leurs cellules, égorgé les gardiens et les maîtres d'œuvre, et vous savez pour quoi ?

— Pour s'évader ?

— Mais non ! Pour REPRENDRE LE TRAVAIL ! Quand la garde est arrivée, elle a trouvé les dévoués, pataugeant au milieu du sang et des cadavres, charriant des sacs de ciment ou des pierres sur leur dos, maniant la truelle, taillant les blocs, bref, TRAVAILLANT ! Oui, travaillant en pleine nuit, éclairés par la lune... Incroyable, non ?

— Et qu'ont-ils dit ?

— Rien, quand ils ont vu que les gardes, en les emmenant, allaient encore une fois les ralentir dans leur tâche, ils ont massacré toute la patrouille, à coups de pelles et de pioches. On a dû les laisser achever l'aqueduc, sans nourriture, sans sommeil, jusqu'à ce que la mort les abatte sur leurs outils. Terrible histoire, n'est-ce pas ?... et si drôle ! »

Le militaire avait pris Lise par le bras et l'entraînait d'enclos en enclos, lui désignant les multiples symptômes qui permettaient de déterminer la progression de la maladie chez les hommes ou les femmes.

« Il faut les mettre nus, commentait-il, obligatoirement, trouver l'endroit où ils ont été piqués. Si la cloque se situe au mollet, à la cuisse ou même au ventre, pas de problème. Par contre, si vous détectez une enflure suspecte à la nuque, aux tempes ou sur le front, méfiez-vous. L'individu en question ne vous fera pas usage, au premier ordre donné vous le verrez se changer en forcené. Il frottera votre parquet jusqu'à l'user, battra les tapis jusqu'à les crever, et nettoiera votre linge jusqu'à le réduire en charpie. C'est une question de choix, uniquement une question de choix, mais un acheteur novice est une proie facile pour un vendeur indélicat. Si vous désirez un jour acheter un dévoué, rappelez-vous mes conseils…

— J'ai envie de dégueuler ! » souffla Georges en cherchant la main de Lise.

Elle le dévisagea. Elle avait les yeux brillants d'excitation, les lèvres humides et les narines dilatées. Il hésita… Elle avait si manifestement envie de visiter le marché d'esclaves en compagnie de ce militaire « pittoresque, amusant », de boire peut-être une menthe ou une liqueur de cactus sous l'arche de la buvette qu'on apercevait de l'autre côté de la place qu'il n'osa pas réitérer sa supplication.

« Retourne à l'autocar, lâcha-t-elle d'un ton où perçait l'agacement. Va te reposer… Va.

— Vous n'avez pas l'air bien, constata le militaire en triturant sa moustache huileuse.

— Un peu de fatigue sans doute. Je me suis surmené ces derniers temps.

— Eh bien, c'est notre lot à tous, pas vrai ? C'est peut-être le moment ou jamais d'acheter un domestique, non ? Je vois là parmi ces dévoués quelques exemplaires qui vous feraient un long usage. Et je ne vous demanderai aucune commission pour mon expérience. Parole d'officier ! »

Pour appuyer ses dires il tira Georges vers l'enclos le plus proche, se baissa pour passer sous la poutre supérieure et saisit par la main une jeune fille d'une vingtaine d'années. Elle était grande et souple. Totalement nue. Son crâne entièrement rasé accentuait l'arc de ses sourcils et les hautes pommettes asiatiques. Le visage, triangulaire comme celui d'un chat, portait en travers de chaque joue la balafre d'une scarification tribale. Une grosse perle de chrome avait été enchâssée dans la narine droite, marquant l'appartenance à une caste élevée ; peut-être religieuse. Georges la trouva très belle…

« C'est une bonne affaire ! glapissait le militaire qui enfonçait ses doigts dans la chair de l'inconnue à la recherche d'une trace de piqûre. Une seule cloque à l'intérieur de la cuisse ! Elle vous ferait longtemps avant de devenir folle ! »

Georges préféra s'éloigner. Pourtant le regard n'avait rien d'accusateur, on n'y lisait aucune haine, aucun reproche, aucune humiliation non plus. Elle avait l'air de trouver la situation normale. Parfaitement normale.

« Alors ? fit la voix de l'officier dans son dos.

— Je n'ai pas d'argent ! » cracha Georges.

Brusquement le marché d'esclaves ne lui apparaissait plus que comme un gigantesque piège. Il tourna les talons, remontant la ruelle en direction de l'autocar. Il ne put, au passage, s'empêcher de jeter un bref coup d'œil vers la fille à la perle de chrome, mais la masse humaine de l'enclos s'était refermée sur elle comme les sables mouvants d'un marécage.

Sur la route du retour Lise lui avait fait une scène. « Tu n'as même pas été aimable, vociférait-elle, tu n'es qu'un ours ! »

Malgré les soporifiques Georges avait mal dormi. Le réveil mécanique l'avait tiré d'un sommeil épais et artificiel pour le plonger aussitôt dans une sorte de torpeur malsaine, un abrutissement béat et comateux contre lequel il luttait à présent depuis des heures. Pour finir, le trajet en car avait été un enfer. Et maintenant la fille du ministère était là, à l'attendre devant le supermarché délabré, avec son tailleur d'été couleur sable, son chignon bien roulé à la verticale et ses grosses lunettes. « Je suis venue hier après-midi, avait-elle précisé d'une voix acerbe, vous n'étiez pas à votre poste.

— J'étais malade, avait bâillé Georges, un début d'insolation. »

Il lui avait tendu la main, celle dont l'index s'ornait d'un pansement froissé, maculé par le sang et l'humeur, et elle l'avait serrée avec un dégoût non dissimulé. « Ce n'est rien, avait-il commenté. Un lucane-chirurgien. Ici il vaut mieux ne pas marcher pieds nus, ces foutues bestioles vous arrachent un ongle en une demi-seconde. »

La fille l'avait regardé avec mépris. Georges nota qu'elle transpirait, la sueur délayait son maquillage, elle perdait son aspect poudreux. Son front, ses joues, son nez devenaient luisants ; il s'en sentit réconforté.

« Les touristes se plaignent, attaqua-t-elle en fouillant dans la poche de cuir verni de sa serviette, ils ne voient pas assez vos pensionnaires. Il paraît que ceux-ci passent la plupart de leur temps couchés dans les tentes, brefs ils sont mécontents et... »

Georges se mit en marche. La réserve, entretenue en partie par la municipalité, avait toujours été le théâtre de multiples querelles, les organisations touristiques faisant pression sur la mairie et les conseillers municipaux pour obtenir d'eux une collaboration visant à rentabiliser au maximum le site et ses habitants.

« Nous avons eu une proposition, continuait la fille, un aménagement complet des lieux en parc d'attractions, avec décors et tableaux vivants. Pensez-vous que les indigènes accepteraient de collaborer à un défilé de chars fleuris ? ou de participer à des attractions mettant en évidence leurs... talents respectifs ?... »

Georges s'arrêta. « Parce que vous appelez ça un talent ? » s'étonna-t-il, un peu étonné au demeurant de sa propre audace. La fille fronça le nez, éludant l'interruption, à présent elle transpirait vraiment, et il nota avec sadisme que son chemisier commençait à coller à sa peau, laissant apparaître de grandes auréoles de sueur. « Il faut que vous compreniez, fit-elle sèchement, le syndicat du tourisme exerce un véritable chantage sur la municipalité, on parle déjà de rayer la ville des itinéraires de circuits organisés, vous imaginez très facilement l'endettement que représenterait alors la réserve pour la cité, pour les contribuables. Nous serions peut-être alors contraints d'envisager la dissolution du camp et la répartition des différents spécimens dans d'autres établissements d'Etat du même type. Il faudrait que vous puissiez convaincre vos amis de l'intérêt qu'ils auraient à participer à ces manifestations... folkloriques... » Il eut envie de lui demander s'il aurait, lui, la permission de vendre des frites et des hot dogs, ou si — en dédommagement de ses services — on lui offrirait un nécessaire complet pour la confection de la barbe à papa ou du pop-corn, mais il n'eut pas le courage de formuler sa hargne.

Il prit instinctivement la direction de la buvette de Julia. Il se sentait comateux, alourdi. Les séquelles d'une crise d'asthme nocturne continuaient à faire siffler ses bronches asphyxiées et le moindre mouvement lui demandait un effort intense. Il se laissa tomber sur la chaise de jardin la plus proche, cherchant dans sa poche la plaquette de corticoïdes. Ses tempes bourdonnaient, et déjà il sentait monter en lui la sensation d'angoisse bien connue des asthmatiques. La fille s'était assise en équilibre au bord de la chaise trop sale à son goût. Au-dessus d'eux le parasol décoloré oscillait en grinçant. Georges détacha deux comprimés rose bonbon, les porta à sa bouche sans même chercher à se dissimuler. « Arrête de bouffer des médicaments, comme ça devant tout le monde, disait toujours Lise, c'est dégueulasse. » Il connaissait bien les dégâts que les anti-inflammatoires faisaient subir à son organisme. La rétention d'eau permanente notamment qui marquait son visage et son corps d'une légère bouffissure inesthétique que certaines mauvaises langues n'hésitaient pas à mettre sur le compte de l'alcool. « Des chars fleuris ? » murmura-t-il comme pour lui-même. Il se rappelait le parc d'attractions où il avait parfois travaillé lorsqu'il était encore étudiant. A dix heures du matin un contremaître engageait des figurants pour le spectacle et la grande parade, choisissant une vingtaine de types parmi les épaves crasseuses et grelottantes qui faisaient la queue derrière le bâtiment de l'administration. Il y avait là des étudiants, des chômeurs, des drogués, tous maigres, fatigués, aigris. A onze heures on leur distribuait des costumes dont ils devaient tous s'affubler et de grosses têtes de carton-pâte qu'ils fixaient sur leurs épaules afin de personnifier des héros de bandes dessinées. On les poussait ensuite à travers les avenues du « village enchanté », de « l'oasis des rêves » comme un troupeau de captifs. Et la foule massée de chaque côté des trottoirs riait, les interpellait, agitait les mains. Et Georges, à travers le carcan de la tête de carton sur laquelle tapait le soleil, entendait les rires des adultes, les cris des enfants. « Regarde ! Regarde ! Bubsy-la-Souris, là, avec son pantalon rose et sa grande queue ! Oh ! Qu'elle est jolie, adorable. Dis bonjour, dis bonjour à Bubsy-la-Souris ! Elle va te répondre ! » Et Georges avançait. Ils avançaient tous. Les épaules sciées, étouffant sous les masques, ruisselant de sueur et de fatigue dans les lourds costumes surchargés de harnachements ridicules. « Regarde !

Regarde ! Poko le singe et son ami Pedro le Mexicain ! », « Et là ! Mac-Maco le détective, avec sa loupe et son pistolet ! », « Oh ! Ils sont drôles, drôles, drôles ! » Parfois, lorsque la chaleur était trop forte, un des figurants s'évanouissait, alors les infirmiers intervenaient, affublés de gros nez rouges, et s'efforçaient de faire croire à un gag en jetant le malade sur une civière maquillée en boîte de sardines géante...

« Des chars fleuris... », répéta Georges.

Julia arrivait. « Il n'a pas l'air bien, lança-t-elle en se plantant devant la table, et elle ! On croirait une motte de beurre en train de fondre ! Elle s'assoit sur le bout des fesses pour ne pas sentir sa culotte trempée. Une vraie gourde !

— Deux sodas, lâcha Georges en retenant un sourire, ou deux bières, enfin n'importe quoi... »

La grosse femme s'éloigna. A côté de lui, la fille du ministère cherchait visiblement à comprendre ce qui venait de se passer, finalement elle se replongea dans ses papiers.

« Pourriez-vous établir une liste des cas les plus pittoresques ? lança-t-elle d'une voix soudain mal assurée.

— Sûrement, oui, observa Georges, les aberrations, infirmités... ou talents, selon le terme qu'on choisit pour les désigner, se divisent en grandes catégories. La moins grave est probablement celle des "décalages", ou plutôt des permutations. On assiste ainsi à des décalages olfactifs. Pour le malade le sang se met à sentir l'encre, et l'encre le sang. Il refusera d'écrire parce qu'il associe le papier, la plume, à ce que nous appellerions des "relents de boucherie ou d'abattoir". Fuyant l'odeur d'imprimerie, il refusera de s'alphabétiser. Très souvent il restera illettré, ne sachant ni écrire ni lire. Par contre, il se délectera de travaux de dépeçage fleurant pour lui ce que nous considérerions comme un parfum de "rentrée des classes" avec son odeur d'encre fraîche si caractéristique. De la même façon, chez un autre individu, la viande aura le goût de l'eau de mer, et la terre celui du pain chaud ! Dès lors ne vous étonnez pas de rencontrer un enfant qui refuse de se nourrir et préfère s'emplir la bouche de terreau à longueur de journée. Il y a aussi les cas d'aberrations auditives : une porte miaule comme un chat, mais un corbeau sonne comme le téléphone chaque fois qu'il ouvre le bec. J'ai pu observer il y a peu de temps une fillette qui brisait tous les microsillons de musique classique qu'elle pouvait trouver dans mes affaires mais qui se complaisait au ronronnement de mon rasoir électrique. Eh oui, pour elle les disques vomissaient un vacarme de marteau-piqueur, et le rasoir jouait une symphonie ! »

L'employée du ministère fit claquer le rabat de sa serviette de cuir.

« Je ne vous demande pas un résumé de votre thèse ! coupa-t-elle sèchement, mais un recensement des individus capables de présenter un intérêt documentaire et... ethnologique évident pour les visiteurs... »

Il eut envie de lui crier « Des clowns ! Tu veux simplement une liste de clowns ! », mais l'arrivée de Julia qui portait deux flacons d'une quelconque bière d'importation lui permit de retrouver son calme. Il n'était pas vraiment surpris, il avait toujours su qu'un jour il se retrouverait plongé en pleine compromission. La fille n'était d'ailleurs probablement même pas une véritable employée du ministère des Arts et de la Culture, plutôt une représentante du conseil municipal détachée ici dans le seul but de l'intimider.

« Ma thèse... », commença-t-il.

Elle le coupa aussitôt.

« Votre thèse n'est pas liée à l'existence de cette réserve. Si nous décidons de la dissoudre, vous pourrez bien sûr déposer une demande de candidature pour un autre poste, dans un autre camp. »

C'était une menace à peine dissimulée.

« Le ministère... »

Encore une fois elle l'interrompit.

« Le ministère ne pourra supporter à lui tout seul l'entretien des installations si la municipalité se désiste ! »

Elle se leva. A présent elle sentait vraiment la sueur. Il nota qu'elle n'avait pas touché à sa bière. Elle posa une carte sur la table (un nom et un numéro de téléphone). « Appelez-moi quand vous aurez jeté les premières bases de notre projet. »

Elle s'éloigna, probablement satisfaite de s'être montrée compétente. Il paya, se leva et traversa la route caillouteuse en direction de la tour de brique. Au moment de s'engouffrer dans le couloir, il vit sur sa gauche une vieille femme occupée à nouer sur sa tête un foulard de plastique transparent antipluie pendant que l'homme qui marchait à ses côtés enfilait péniblement un ciré jaune sous lequel il allait étouffer dans quelques secondes. « Déphasage », pensa Georges.

De nombreuses personnes en souffraient autour de lui. En cas de déphasage les gestes n'obéissaient plus à la pensée qu'avec un retard considérable, ainsi le couple que Georges venait de croiser se couvrait-il pour se protéger d'une averse tombée trois jours auparavant.

Il entra. La salle d'attente était vide. Il chercha au fond de sa poche la clef du laboratoire qui ne le quittait jamais, déverrouilla la triple serrure et pénétra dans le réduit carrelé qu'éclairait une rampe de néon. Les flacons de sang s'alignaient sur les étagères réfrigérantes. Une véritable banque — peut-être aurait-il fallu dire « bibliothèque » ? — dont il avait toujours tenu l'existence secrète.

Pour une fois le hasard l'avait magnifiquement servi. Il revoyait encore le vieillard écroulé au pied de l'échelle, perdant son sang par une vilaine plaie au bras.

« Il est tombé du dernier barreau ! criait Lise. Je l'ai vu ! Vite, grouille-toi ! » Georges le connaissait bien. C'était un vieil asocial rejeté par le clan en raison de ses bavardages incessants, et qui vivait dans l'ancienne station-service jouxtant la gare routière.

« Je n'ai jamais pu m'empêcher de parler ! disait-il souvent. Je parle même dans mon sommeil pendant des heures. Ma femme m'a quitté à cause de ça, je bavardais en état somnambulique. Je crois que c'est ça ma maladie en fait... » Il était véritablement impossible de l'interrompre et le seul moyen d'échapper au flot de paroles jaillissant de sa bouche consistait à prendre la fuite. « Il perd son sang ! avait chuchoté Lise en désignant le jet rouge sombre pulsé par la plaie ouverte à intervalles réguliers C'est une hémorragie artérielle... »

Georges avait aussitôt improvisé un garrot. « Ça va, Dick ? Ça va ? »

Le vieux Dick avait tenu le coup. Ce n'est que le lendemain que les premiers symptômes d'amnésie étaient apparus. Couché, blême, dans ses draps, il avait commencé par ne pas reconnaître Lise qui lui apportait un plateau-repas. Il l'avait appelée « madame » et avait donné à Georges du « docteur » long comme le bras, lui qui les tutoyait encore la veille. « C'est le choc, avait conclu Lise, à son âge ça l'a secoué. » Un peu plus tard dans la soirée, Dick avait murmuré d'une voix faible : « Heureusement que vous avez arrêté l'hémorragie, docteur, j'aurais pu laisser couler toute ma vie. Toute ma mémoire, là, sur le sol. Quel gâchis pour un vieux comme moi si on n'a même plus ses souvenirs ! » Georges s'était senti rempli d'une excitation grandissante. Interrogé, le vieil homme avait révélé un « trou » mémoriel englobant les six derniers mois, c'est-à-dire s'étendant jusqu'à une date antérieure à l'arrivée de Georges et de Lise. La théorie s'échafaudait d'elle-même et, se reportant aux observations qu'il avait pu déjà noter à l'occasion d'autres accidents, Georges était tout naturellement parvenu à la conclusion qui s'imposait. A l'intérieur de la réserve, le sang, non content de charrier son troupeau habituel de globules blancs ou rouges, véhiculait aussi des globules mémoriels contenant chacun un souvenir bien distinct. Contrairement à tout ce que la physiologie pouvait enseigner, la mémoire ne se trouvait plus stockée, localisée, dans les neurones du cerveau, mais bel et bien roulée, pulsée, de veine en veine, d'artère en artère par les battements du cœur. Ainsi tout le passé d'un homme se trouvait à la merci de la moindre coupure, de la plus petite entaille. Perdre une goutte de sang, c'était perdre la conscience d'un moment, le rappel d'une journée, d'un acte particulier. Et la femme qui se piquait en brodant pouvait du même coup oublier le prénom de son enfant ou de son mari. Chaque piqûre de puce devenait un trou de mémoire, chaque période de menstruation une véritable ponction de souvenirs, et un accident faisait d'un homme saigné à blanc un amnésique complet.

« Tu te rends compte, s'était exclamée Lise à qui il avait

fait part de ses conclusions, chaque fois que tu écrases un moustique gorgé de sang tu détruis dans une certaine mesure le passé d'un dormeur inconnu. C'est fascinant ! Fascinant !

— Peut-être même encore plus que tu ne le crois, lui avait-il fait observer. Imagine ce qui peut se passer en cas de transfusion. Donner son sang à quelqu'un, c'est lui donner en même temps une partie de sa mémoire. Recevoir du sang d'un donneur, c'est hériter de la vie d'un étranger ! Et l'ironie est encore plus grande quand on réalise que tous les groupes sont compatibles entre eux... »

Très rapidement du reste il avait pu s'apercevoir du tabou frappant les manipulations sanguines à l'intérieur de la réserve. Alors qu'il tentait un prélèvement à des fins de numération globulaire chez une fillette anémiée, le père de celle-ci avait brisé la seringue d'un coup de marteau, de même un blessé grave avait refusé toute transfusion, préférant mourir exsangue que de se voir envahi par la vie d'un inconnu.

« Pourtant, rêvait Lise, une transfusion de souvenirs, quel truc ! je serais toute prête à tenter l'expérience ! »

... Lentement, difficilement, il était arrivé à se constituer une réserve de flacons ; récupérant le liquide vital des agonisants en coma dépassé que plus rien ne pouvait sauver, mettant à profit le moindre accident, la plus petite intervention chirurgicale, épargnant goutte après goutte, hémorragie après hémorragie, avec une économie acharnée. Il savait que chaque bouteille contenait pêle-mêle des milliers de mémorisations et il aurait donné cher pour pouvoir les énumérer sur l'étiquette désespérément vierge de toute inscription qui ornait chaque flacon.

« Du passé en bouteille », se prenait-il parfois à murmurer.

Poursuivant son étude, il avait observé que certains animaux — après qu'ils avaient mordu un homme ou un enfant — devenaient bizarrement mélancoliques, comme déboussolés par ces images qu'ils venaient de laper sur la chair meurtrie de leurs victimes et qui les assaillaient ensuite sans qu'ils pussent les comprendre.

Un soir, il avait trouvé Lise allongée sur la banquette

arrière de la Rolls ; ses cheveux épars lui masquaient le visage et elle semblait étrangement lointaine. Comme droguée.

« J'ai eu trois maris et cinq enfants, avait-elle chantonné lorsqu'il avait voulu la faire se redresser ; j'ai eu dix maîtresses. Je suis trois garçons et deux filles, et je me rappelle... »

Tout d'abord il l'avait crue ivre mais elle ne sentait pas l'alcool. Elle était molle, alanguie, et son visage ballottait de droite à gauche comme si son cou avait brusquement perdu tout pouvoir de rigidité.

« Lise ! avait-il crié soudain paniqué, Lise reprends-toi ! »

Mais elle s'était laissée aller contre lui en riant et il avait reçu sa bouche humide et chaude contre son oreille. Elle murmurait toujours : « J'ai fait l'amour avec deux hommes à la fois. J'aime les petites filles, je suis vieille et fatiguée. J'ai six ans et j'ai peur du noir. Je suis sacrément bien monté pour un garçon de mon âge. Pierre est en train de naître, mon ventre est énorme, j'ai mal... Je vois sa tête entre mes cuisses. Il faut labourer le champ et recoudre la tente, c'est un travail trop dur pour un vieil homme comme moi... Ma femme est infidèle, je le sais, on commence à jaser... »

Il l'avait prise aux épaules et secouée de toutes ses forces, il lui semblait soudain qu'elle ne s'arrêterait jamais. Il avait hurlé : « Lise ! » C'est alors que son pied avait écrasé quelque chose sur le plancher de la voiture. Un tube de verre... non ! Une seringue. Il avait rejeté la jeune femme en arrière, dénudé son bras gauche. A la saignée du coude brillait encore une perle rouge, humide, et la marque d'une piqûre maladroitement exécutée qui commençait déjà à se changer en hématome. Il ne lui avait pas fallu longtemps pour comprendre : le sang ! elle s'était fait une injection de sang ! Jouissant des mille souvenirs étrangers coulant au long de ses veines pour aller éclater dans son cerveau. Son organisme non adapté avait durement accusé le choc et c'était là la raison de cette ivresse comateuse et malsaine.

« Tu aurais pu te tuer ! » avait-il hurlé et il l'avait giflée sans qu'elle cesse pour autant de sourire. « Je viens de perdre ma première dent de lait, avait-elle zézayé, sans mes cannes j'ai du mal à marcher... » Elle avait continué ainsi jusqu'à l'aube, en proie à une légère fièvre qui rougissait son visage, lui donnait le regard larmoyant et les mains moites. Puis, au matin, elle s'était calmée et avait sombré dans un sommeil hypnotique. « Il ne faut pas dramatiser, s'était-elle exclamée lorsqu'il avait voulu la sermonner. C'était une expérience intéressante et qui méritait d'être tentée. Pas de quoi en faire une montagne. En fait tu n'as pas vraiment l'esprit scientifique, sinon il y a belle lurette que tu aurais essayé la même chose sur toi. On n'arrive pas à la connaissance sans prendre de risques. Tous les VRAIS savants te le diront... »

C'est à partir de ce jour qu'il avait pris l'habitude de fermer la porte du laboratoire à clef. C'était une précaution un peu inutile au demeurant puisqu'en recomptant les flacons de sang il avait pu constater que Lise en avait dérobé deux. Se livrait-elle souvent à ces séances de toxicomanie d'un genre très particulier ? Il n'aurait su le dire. Parfois il l'imaginait, allongée nue sur la moquette, ou roulée en boule au fond de la baignoire remplie d'eau tiède, écoutant le pétillement des souvenirs étrangers au long de ses circonvolutions mentales, vivant mille bribes d'événements heureux ou malheureux, devenant tour à tour Marianne, Paul, le vieux Pierre, Margot ; souffrant, jouissant, accouchant, naissant, devenant père et mère, mari et femme. Arrivait-elle ainsi à compenser vraiment le vide de sa propre vie ?

Non, jamais il n'avait parlé à personne de la réserve de flacons comme si, obscurément, il avait redouté par ses révélations de mettre en branle quelque horrible mécanisme commercial. Il n'osait songer au parti que la municipalité aurait pu tirer d'un tel phénomène.

Soudain inquiet, il verrouilla la porte derrière lui. Il se sentait fatigué et le désir du sommeil l'envahit d'un seul coup. Un instant il fut tenté de s'allonger sur la table d'auscultation mais il savait que ses bronches aux trois quarts obstruées ne supporteraient pas la position couchée. Il se contenta de s'asseoir au centre de la pièce sur un tabouret de plastique blanc. Sans trop savoir pourquoi, il se mit à penser à la mort.

A présent il respirait avec plus de difficulté encore, le passage de la fournaise du dehors à la froide humidité régnant à l'intérieur de la tour ayant augmenté les symptômes de son mal.

Il resta ainsi jusqu'au soir, prostré, attendant le moment où la crise, se concluant par une série de quintes de toux, lui permettrait de se traîner jusqu'au car.

Parfois il cherchait à se rappeler le moment précis où il avait pris conscience de la maladie de Lise. Peut-être ce dimanche de juin plus particulièrement, lorsqu'au beau milieu du restaurant de la plage elle avait brusquement crispé les mains sur la nappe et jeté des coups d'œil affolés autour d'elle comme si elle se devait de retrouver quelque chose dont sa vie dépendait.

« Où sont les enfants ? » avait-elle crié d'une voix blanche. Mon Dieu, ils sont partis jouer sur la route... »

Elle s'était levée, avait traversé la salle dans la détonation sèche de ses hauts talons martelant le parquet et s'était ruée hors de l'établissement en appelant : « Manuel ! Béatrice ! Revenez ! »

La surprise avait cloué Georges sur son siège, il lui avait fallu accomplir un véritable effort physique pour s'arracher de la table et courir sur les traces de sa femme. Il l'avait retrouvée, plantée au milieu du ruban d'asphalte brûlé par le soleil qui collait désagréablement aux semelles. Elle pleurait. Raide. Droite dans sa robe de voile ample, la tête rejetée sur l'épaule gauche. Il l'entendit qui murmurait : « Mon Dieu, nous sommes là, et les enfants qui sont tout seuls à la maison, il faut rentrer... »

Le soir même elle eut une nouvelle crise. Ils étaient couchés côte à côte dans la lumière bleue de la veilleuse quand elle plaqua soudain ses mains sur son abdomen... « Regarde ! Regarde ! hurlait-elle, mon ventre est tout plat ! J'ai accouché et je n'étais même pas à terme, où est le petit ? »

Elle parcourut fébrilement la pièce du regard à la recherche d'un berceau inexistant. « Il est mort, balbutiat-elle. Jacques, tu avais raison, je n'aurais pas dû travailler si longtemps aux champs... »

Elle se raidit, les yeux fixés au plafond, pendant que des larmes débordaient du coin de ses paupières et roulaient sur ses tempes, mouillant ses cheveux courts.

D'abord il avait voulu se rassurer : « Elle veut un gosse, songeait-il, la maternité lui manque et elle fait un peu d'hystérie. Rien de bien terrible... » Puis tout avait recommencé. Cette fois ils étaient dans la tour, au dernier étage. Lise, accoudée à la meurtrière, offrait son visage aux rayons de la fournaise. Brusquement elle avait ri...

« Ça me rappelle mon service militaire, avait-elle lancé en se retournant à demi, quand il fallait monter la garde devant la bicoque du pitaine, avec ce foutu bon Dieu de casque qui chauffait comme c'était pas permis, la jugulaire serrée entre les dents, et le fusil-mitrailleur qui me brûlait les paumes... Saloperie. Après je filais aux douches, je me coiffais, je me rasais, et on descendait par les rues à filles autour de la caserne. J'avais pas mal de succès à l'époque. Surtout quand je me suis laissé pousser la moustache comme Clark Gable... Les filles en raffolaient. Mais ça n'a pas duré. L'adjudant m'a convoqué : "Pas de ça, mon gars, qu'il a dit, c'est le règlement. Ni barbe ni moustache, faudra me couper tout ça ou je te fous dedans et..." »

Elle s'était arrêtée, le front plissé comme sous l'effet d'une prodigieuse concentration mentale. Il crut qu'elle allait se mettre à loucher. « Quelque chose ne va pas, murmura-t-elle d'une voix à peine audible, quelque chose ne va pas...

« Pierre ! haleta-t-elle en regardant Georges dans les yeux, aide-moi ! Ne reste pas planté là, tu vois bien que je ne suis pas dans mon assiette, tu rentreras le foin plus tard... »

Il se sentit glacé, tandis qu'une envie de courir lui vrillait le ventre. Il fit un pas en avant. Il n'osait même plus lever le bras pour éponger la sueur qui lui dégoulinait des sourcils. Soudain elle frissonna. Son regard se fit moins trouble. Il comprit qu'elle se sentait complètement perdue au milieu de toutes ces bribes contradictoires se niant les unes les autres et qu'elle essayait désespérément de chercher une information plus convaincante, plus solide, plus…

« Mon Dieu, gémit-elle terrifiée, j'ai dix vies et je ne sais plus laquelle est la bonne ! »

Il la vit inspirer une longue goulée d'air, s'exhortant au calme, à la méthode. « D'abord, je suis une femme, posa-t-elle comme principe de base, et ce disant elle passa la main sous sa robe pour vérifier la configuration de son sexe. Oui, une femme. » C'était là un premier élément de tri, un grain de sable, mais visiblement elle s'en sentait soulagée.

Il l'avait prise par les épaules, l'avait forcée à s'allonger sur la table d'auscultation. Il fallait qu'elle dorme, l'assommer par une dose massive de somnifère, après…

Au moment où il s'était approché, la seringue à la main, il avait vu, vu le réseau serré des petites cicatrices de piqûres à la saignée de chaque bras, comme autant de morsures minuscules. L'évidence le consumait sur place : elle n'avait jamais cessé de se droguer ! Puisant sans relâche aux deux flacons de sang dérobés, elle avait, jour après jour, joué à vivre d'autres vies. A présent, par un phénomène probablement lié à l'accoutumance, les faits ne s'estompaient plus au bout de quelques heures, ils s'installaient en elle, icebergs, parasites venant télescoper sa véritable mémoire, bouleversant l'acquis de ses neurones, introduisant d'autres éléments, aussi réels, aussi pesants, aussi VRAIS. Et lorsqu'ils prenaient ainsi possession de son cerveau elle n'arrivait plus à établir la moindre différenciation entre ses souvenirs personnels et ceux qu'elle avait artificiellement absorbés…

Il lui fallut plusieurs jours pour parvenir à dominer son abattement. Lise, elle, partageait son temps entre les diverses personnalités qui l'habitaient maintenant. A une époque on aurait parlé de possession et convoqué un exorciste ; Georges, lui, se contentait de noter chaque manifestation parasite dans un cahier, tentant d'évaluer leur nombre et d'établir un diagramme de leur retour cyclique. Il pensait qu'on pouvait, sans crainte de se tromper, baptiser ce type d'affection du terme de « polymnésie », et il entama aussitôt un recensement aussi fidèle que possible.

La plupart des scènes se situaient dans un monde rural assez ancien et sortaient de mémoires tour à tour masculines ou féminines. Et Lise, successivement bergère et forgeron, fermière et bûcheron, perdait sa personnalité le temps d'un bal de village, d'une culbute dans les fourrés, d'un accident de travail ou d'un Noël aux tisons. Elle vivait des scènes de ménage, des beuveries, des querelles de garçons de ferme ; des bribes de passé éparses n'entretenant aucun lien entre elles. Lorsqu'il relisait ses notes, Georges avait l'impression de parcourir un roman démentiel composé d'un empilement de pages arrachées, sans aucun critère de choix, à une multitude d'ouvrages par un homme aux yeux bandés lâché dans une bibliothèque sans autre directive que de ramener le plus de feuillets possibles.

Lise le réveillait en pleine nuit, le secouant rudement par l'épaule. « Tu te rappelles, balbutiait-elle, tu te rappelles quand mon bras s'est pris dans la faucheuse et qu'il a fallu aller chercher le docteur pour qu'il le coupe, là, sur l'herbe... ? Dis, tu t'en souviens ? Même que le père Louis me tenait la tête en disant "T'en fais pas, mon gars, t'auras toujours du succès avec les filles", dis ?... »

Il se redressait, prenait une garde imaginaire à l'un des angles du lit pendant qu'elle retombait, pelotonnée au creux des couvertures.

Il commençait à envisager sérieusement l'éventualité d'une transfusion partielle ou totale à l'aide de sang ordinaire quand l'attitude de Lise se modifia de façon encore plus radicale. En l'espace de quelques jours elle devint taciturne, renfermée. Lorsqu'il la questionnait, elle se contentait de sourire ou d'ébaucher des gestes évasifs. Un soir, n'y tenant plus, il la saisit aux épaules pour la secouer. C'était une réaction stupide, mais il était à bout de nerfs. Elle se débattit et sa chemise de nuit se déchira du cou au nombril, laissant apparaître sa peau nue zébrée de scarifications rituelles mal cicatrisées. Il faillit pousser un hurlement d'épouvante. D'un revers de poignet il arracha les derniers lambeaux de vêtements, n'en croyant pas ses yeux. Son dos, ses reins, ses fesses, l'intérieur des cuisses, le pourtour des seins, TOUT son corps disparaissait sous les entailles...

C'était à devenir fou. Incapable de restructurer sa personnalité, elle se conduisait à présent comme l'un des pensionnaires du camp ! Quels souvenirs l'avaient donc poussée sur la voie de l'initiation tribale ? A quelles connaissances secrètes le sang lui avait-il permis d'accéder ? Il était assailli par un flot de sentiments contradictoires, l'horreur, la curiosité, le dégoût, L'ENVIE...

« Pourquoi ? hurlait-il. Pourquoi ces marques ? Tu sais ce qu'elles veulent dire maintenant, tu le sais, TOI ! »

Elle lui échappa sans un mot. Il se laissa tomber sur une chaise, soudain très fatigué. Il y avait une certaine ironie à voir Lise, qui haïssait tant la réserve et ses occupants, se muer en « indigène ». Il eut un rire amer.

« Mais tu es LISE, lui criait-il aux oreilles, LISE, Lise ! N'écoute pas ce que te disent tes souvenirs, fais le ménage dans ta mémoire, bon Dieu ! »

Elle se détourna de lui et courut s'enfermer dans la salle de bains. Il quitta le bungalow en claquant la porte et marcha toute la nuit. Quand il revint, à l'aube, elle s'était rasé la tête...

Dans les jours qui suivirent elle brûla consciencieusement tous ses vêtements, du moindre bas à la plus petite culotte, et n'évolua plus qu'entièrement nue.

Parfois elle le fixait dans les yeux un long moment et caressait les boursouflures des cicatrices sur ses flancs comme si elle essayait de lui faire comprendre quelque chose. Il avait essayé de résister sans grande conviction. Il savait ce qu'elle désirait. Il se sentait malade d'une jalousie intellectuelle qui lui faisait honte. Que savait-elle ? Que lui avait donc appris la voix du sang ? Elle connaissait tous les secrets de la réserve, tous les mystères sur lesquels il achoppait depuis des années... TOUT.

Il l'avait conduite un dimanche matin au milieu des grandes tentes de cuir blanc qui encerclaient la tour, et où lui-même ne pénétrait jamais. Elle était restée là un moment, immobile, nue et balafrée comme les autres, puis il l'avait vue écarter les pans du chapiteau, faire un pas en avant. Alors il s'était détourné, les dents serrées. C'était comme s'il avait fermé les yeux au moment où elle sautait d'une falaise...

Ensuite il avait regretté, bien sûr, mais c'était trop tard. Trop tard. Depuis elle vivait dans la tente, dans ce cône de peau rêche où personne ne se risquait jamais, dans le fouillis de corps de la maison collective. L'avait-on admise ? L'avait-on massacrée ? Un homme en avait-il fait sa compagne ? Avait-elle des enfants ? Georges n'en saurait jamais rien. Il ne tenait pas à le savoir. Un jour elle se réveillerait, il en était sûr, comme une amnésique qui retrouve la mémoire. L'effet des derniers globules s'étant dissipé, elle reprendrait conscience dans la touffeur du wigwam, le ventre distendu par sa sixième ou septième grossesse. Elle se rappellerait tout. Mais ils ne la laisseraient pas s'échapper. Non. Ils préféreraient lui couper la langue et les mains pour qu'elle ne révèle pas leurs secrets... Ils...

Mais non, il s'emballait. Elle était probablement heureuse, et c'était bien. Il ne se sentait pas le droit ni l'envie de l'arracher à l'étrange communauté. Pour quoi faire ? Et pour aller où ?

Lorsque sa thèse serait finie il...

Il savait que dans une semaine son angoisse de voir fermer la réserve par la municipalité aurait doucement rejoint le triste magasin d'accessoires où se fournissaient ses terreurs nocturnes. La peur de l'expulsion s'empoussiérerait sur un rayon de son cerveau entre l'éventualité d'un conflit atomique et la crainte du cancer, la montée du chômage et la prolifération des agressions dans le métro. De temps à autre, il la sentirait monter de l'oubli comme une bulle de gaz à la surface d'un marais. Il la sortirait de son tiroir mental comme un livre qu'on extrait d'une bibliothèque, et, l'espace d'une nuit ou deux, il se fabriquerait une insomnie de premier ordre, les yeux fixés au plafond, repassant pour la centième fois dans son crâne le scénario d'apocalypse, ébauché par la fille de la mairie. Puis l'angoisse s'endormirait à nouveau, tuée par la répétition, le ressassement, et il changerait d'accessoire. Une peur en chassait une autre, il n'avait jamais su vivre autrement. C'était comme s'il avait souscrit un abonnement perpétuel à une quelconque bibliothèque de l'horreur, chaque cauchemar défraîchi, usagé, était aussitôt remplacé par une nouvelle hypothèse qui lui nouait le ventre pendant une semaine ou deux. A l'époque de Lise, il se rappelait avoir longtemps jonglé avec trois synopsis dont il usait alternativement les nuits où il ne pouvait trouver le sommeil : Lise enceinte, Lise le trompant, Lise l'abandonnant. Combien de fois avait-il sauté de case en case sur cette marelle de l'angoisse ? Combien de fois s'était-il levé à deux heures du matin pour prendre une douche brûlante, avaler un plein verre de vodka ou courir tout autour du living-room avec l'espoir de faire ainsi tomber sa nervosité ?

Oui, combien ?...

Il se dressa, au milieu des traités de physiologie empilés à même le sol, des planches anatomiques étirant leurs géographies musculaires en faisceaux rouge clair, offrant le fourmillement multicolore des vaisseaux et des veines comme les ramifications folles de rues et de ruelles se subdivisant à l'infini sur le plan de quelque cité labyrinthique. Il rassembla en trois gestes une pile de clichés radiographiques et tenta d'égaliser le paquet ainsi formé en en frappant successivement les tranches sur le rebord de la table de dissection tel un joueur qui s'apprête à distribuer les cartes d'une étrange partie de poker médical. La poussière accompagnait chacun de ses gestes, éclatant en tourbillons duveteux. Finalement, vaincu par le capharnaüm, il se laissa tomber dans un fauteuil de bureau recouvert de mousse grise. Plus le temps passait et moins il avait la sensation d'approcher du but qu'il s'était fixé : trouver la solution à tous les problèmes posés par les habitants de la réserve. Ses constructions logiques s'embourbaient, ses démonstrations s'enlisaient dans l'empirisme le plus déroutant. A l'occasion d'accidents mortels il avait été amené à pratiquer diverses autopsies et ce qu'il avait constaté remettait à présent en question tous les théorèmes de la physiologie classique. Les corps qu'il avait ouverts au scalpel l'avaient plongé dans des abîmes de stupéfaction et d'hébétude, révélant des localisations organiques totalement incongrues : un cœur à l'intérieur d'un biceps, un cerveau dans les replis intestinaux de l'abdomen. Chez un enfant mort-né les radiographies avaient montré deux poumons atrophiés ratatinés à l'intérieur de la boîte crânienne et un gigantesque encéphale emplissant de ses circonvolutions toute la cavité thoracique. Dès lors il devenait quasiment impossible d'intervenir médicalement parlant sans un long repérage préalable puisque ces corps en liberté ne daignaient plus se conformer aux règles communément admises. Chaque patient devenait du même coup un territoire inconnu, un gigantesque point d'interrogation physiologique. Il aurait fallu dresser un atlas de toutes ces géographies anatomiques, de cet ensemble de localisations aberrantes, une sorte de carte à l'usage des explorateurs médicaux en détresse. Un traité de chirurgie recensant les différents cas de figures possibles et enseignant qu'un appendice peut fort bien se situer dans le creux de la main droite, qu'une tête arrachée n'implique pas forcément la mort du patient si elle ne contient que quelques mètres d'intestin grêle, et qu'une intervention à cœur ouvert peut se tenir à quinze centimètres au-dessous du nombril... Oui, il aurait fallu avoir l'enthousiasme, la foi en la science des premiers cartographes pour se lancer dans ce travail aussi titanesque qu'inutile puisque voué à moisir sur les étagères d'une quelconque faculté dans l'indifférence la plus totale, et Georges se sentait à présent trop las pour ranimer les derniers feux de passion qui brûlaient encore en lui. Sa science ne serait pas transmise, il n'aurait pas de disciple, il mourrait un jour gavé de ses propres découvertes, ou verrait au contraire l'âge effilocher son savoir en même temps que sa mémoire, emplissant les parois de son crâne du vent de l'amnésie. Mais qu'importe! Seule comptait la connaissance artisanale et précaire qui lui permettait de se demander au moment de procéder à l'amputation d'un doigt écrasé si ces phalanges n'abritaient pas en fait la dérivation totalement illogique et pourtant envisageable du tracé de l'aorte ou du nerf optique chez la victime. Ainsi des lois nouvelles et folles proclamaient aujourd'hui qu'on pouvait devenir aveugle en se retournant un ongle, muet en se foulant la cheville, et sourd en se cassant la jambe!

Georges s'enfonça au creux du fauteuil, grisé par l'odeur de poussière. Il exagérait, bien sûr, élevant au stade de généralité ce qui ne constituait que quelques cas phénoménaux totalement isolés à l'intérieur de la communauté, mais après tout, qui pouvait en être réellement sûr? D'ailleurs mieux valait tenir de telles révélations secrètes. La santé des habitants du village n'en pâtirait en rien; plus d'une fois il avait pu vérifier leur prodigieuse vitalité, et il se rappelait encore cette opération du poumon durant laquelle la cicatrisation extrêmement rapide des tissus avait fermé la plaie en moins de trois minutes, scellant dans une gangue de chair neuve et brillante les scalpels encore engagés dans la plèvre! Oui, chez certains individus, il en était de la cicatrisation des tissus comme de ces herbes amazoniennes qui, à peine tranchées, commencent déjà à repousser et ont retrouvé leur longueur initiale au bout de quelques heures à peine...

Georges quitta le fauteuil, s'assit sur le sol et se laissa aller en arrière, se couchant au milieu des papiers qui formaient comme un matelas craquant, posant sa joue sur le volume toilé d'un traité de microchirurgie cérébrale. Il aurait aimé se recouvrir de dossiers, de livres, de revues médicales, se lover au centre d'un terrier de vélin imprimé, se recroqueviller sous un tunnel de thèses, de mémoires, de notes de cours, de radiographies noires et brillantes comme les écailles d'un poisson des grands fonds. Il aurait voulu dormir. Dormir et oublier.

Il était à tel point gorgé de neuroleptiques et d'antidépresseurs que la moindre pause, la plus petite halte se changeait immédiatement en somnolence, faisant défiler sur son esprit les vagues chaque fois plus lourdes d'un sommeil de plus en plus profond. Il se laissa couler dans l'engloutissement béat du néant, cédant au vertige. Et il cessa d'exister...

Dehors, les cars bariolés remplissaient lentement le damier du parking, vomissant leur flot de visiteurs en chapeau de toile.

D'heure en heure, l'ombre de la tour de brique allait balayer la réserve de son doigt rectiligne, faisant du camp un gigantesque cadran solaire où chaque bâtiment marquerait une étape de la journée dans son avance vers la nuit...

Julia décapsulerait ses bouteilles jusqu'au soir, jusqu'au moment où le klaxon des bus ferait cesser le cliquetis des caméras…

Et Suna monterait la rue principale à reculons pour la plus grande joie des touristes, provoquant les rires des enfants qui voudraient toucher ses cicatrices ou son crâne ovoïde « si amusant ». On lui demanderait de poser en compagnie d'une femme en short et chemise à fleurs, et peut-être le ferait-elle sans comprendre réellement pourquoi on lui glisserait ensuite quelques pièces de monnaie dans la main.

Oui, ce serait une belle journée qui se terminerait dans les bouteilles vides et les papiers gras, lorsque le soleil viendrait mourir en un dernier éclat sur le panneau métallisé dressé à l'entrée du village et où s'étalait en grosses lettres rouges la mention :

Réserve naturelle d'Almoha.
Visites ethnologiques guidées.

Ce panneau où une inscription à la craie, ajoutée par la main de Georges, proclamait, ironique…

Il est interdit de nourrir les mutants !

EXTRAIT DU CATALOGUE LIBRIO

POLICIERS

John Buchan
Les 39 marches - n°96

Leslie Charteris
Le Saint
- Le Saint entre en scène - n°141
- Le policier fantôme - n°158
- En petites coupures - n°174
- Impôt sur le crime - n°195
- Par ici la monnaie ! - n°231

Arthur Conan Doyle
Sherlock Holmes
- La bande mouchetée - n°5
- Le rituel des Musgrave - n°34
- La cycliste solitaire - n°51
- Une étude en rouge - n°69
- Les six Napoléons - n°84
- Le chien des Baskerville - n°119
- Un scandale en Bohême - n°138
- Le signe des Quatre - n°162
- Le diadème de Béryls - n°202
- Le problème final - n°229
- Les hommes dansants - n°283

Ellery Queen
Le char de Phaéton - n°16
La course au trésor - n°80
La mort de Don Juan - n°228

Jean Ray
Harry Dickson
- Le châtiment des Foyle - n°38
- Les étoiles de la mort - n°56
- Le fauteuil 27 - n°72
- La terrible nuit du zoo - n°89
- Le temple de fer - n°115
- Le lit du diable - n°133
- L'étrange lueur verte - n°154
- La bande de l'Araignée - n°170
- Les Illustres Fils du Zodiaque - n°190
- L'île de la terreur - n°230

LIBRIO NOIR

Bill Ballinger
Version originale - n°244

James M. Cain
Le bébé dans le frigidaire - n°238

Didier Daeninckx
Autres lieux - n°91
Main courante - n°161
Le Poulpe/Nazis dans le métro - n°222
Les figurants - n°243

Gérard Delteil
Le Poulpe/Chili incarné - n°272

Pascal Dessaint
Le Poulpe/Les pis rennais - n°258

Frédéric H. Fajardie
Les Hauts-vents - n°289

Jean-Claude Izzo
Vivre fatigue - n°208

Thierry Jonquet
Le pauvre nouveau est arrivé ! - n°223

Méchante dose (La)
(Anthologie présentée par
Jacques Sadoul) - n°273

Daniel Picouly
Tête de nègre - n°209

Jean-Bernard Pouy
Le Poulpe/La petite écuyère a cafté - n°206

Hervé Prudon
Le Poulpe/Ouarzazate et mourir - n°288

Patrick Raynal
Le Poulpe/Arrêtez le carrelage - n°207

Jean-Jacques Reboux
Le Poulpe/La cerise sur le gâteux - n°237

François Thomazeau
Les aventures de Schram et Guigou/
Qui a tué M. Cul ? - n°259

FANTASTIQUE - S.-F.

Isaac Asimov
La pierre parlante - n°129

Ray Bradbury
Celui qui attend - n°59

Serge Brussolo
Soleil de soufre - n°291

Jacques Cazotte
Le diable amoureux - n°20

Cent ans de Dracula (Les)
8 histoires de vampires - n°160

Arthur C. Clarke
Les neuf milliards de noms de Dieu - n°145

Contes fantastiques de Noël
Anthologie - n°197

Philip K. Dick
Les braconniers du cosmos - n°211

Dimension fantastique (La)
13 nouvelles fantastiques - n°150

Dimension fantastique 2 (La)
6 nouvelles fantastiques - n°234

Dimension fantastique 3 (La)
10 nouvelles fantastiques - n°271

Alexandre Dumas
La femme au collier
de velours - n°58

Erckmann-Chatrian
Hugues-le-Loup - n°192

Claude Farrère
La maison des hommes vivants - n°92

Stephen King
Le singe - n°4
La ballade de la balle élastique - n°46
La ligne verte
- Deux petites filles mortes - n°100
- Mister Jingles - n°101
- Les mains de Caffey - n°102
- La mort affreuse d'Edouard Delacroix - n°103
- L'équipée nocturne - n°104
- Caffey sur la ligne - n°105
Danse macabre - 1 - n°193
Danse macabre - 2 - n°214
Danse macabre - 3 - n°233
Danse macabre - 4 - n°249

William Gibson
Fragments de rose en hologramme - n°215

Howard P. Lovecraft
Les Autres Dieux - n°68
La quête onirique de Kadath l'inconnue - n°188

Arthur Machen
Le grand dieu Pan - n°64

Terry Pratchett
Le Peuple du Tapis - n°268

Clifford D. Simak
Honorable adversaire - n°246

Dan Simmons
Le conseiller - n°260

Bram Stoker
L'enterrement des rats - n°125

Librio
Le livre à 10 F

291

Achevé d'imprimer en Europe
à Pössneck (Thuringe, Allemagne)
en mai 1999 pour le compte de EJL
84, rue de Grenelle, 75007 Paris
Dépôt légal mai 1999

Diffusion France et étranger : Flammarion